Melissa H. Panther
Warum die Schlange den Apfel stahl

Warum die Schlange den Apfel stahl

Melissa H. Panther

Impressum

Bibliografische Information der Deutschen Nationalbibliothek:
Die Deutsche Nationalbibliothek verzeichnet diese Publikation in
der Deutschen Nationalbibliografie; detaillierte bibliografische Daten sind im Internet über http://dnb.dnb.de abrufbar.

© 2021 Melissa H. Panther

Lektorat: Philipp Mattes
Satz: Michael Ludwig
Coverdesign: Elena P.

Herstellung und Verlag: BoD – Books on Demand, Norderstedt

ISBN: 9-783756-851768

Inhaltsverzeichnis

Die magische Flöte

Die selbstfahrende elektrische Straßenbahn in Berlin – wie keine andere Errungenschaft der Industrialisierung versprach sie für die Leute den lang ersehnten Übergang in ein neues Jahrhundert voller Fortschritt und Wunder. Seit die neue Technik 1881 die Pferdeeisenbahnen abgelöst hatte, transportierte die Bahn zuverlässig – und mit bis zu 20 km/h nun doppelt so schnell – ihre Passagiere von Lichterfelde über Lankwitz, Stieglitz und die Zehlendorfer Straße bis hin zur Kadettenanstalt. Unbeirrt folgte sie dem Drahtwirrwarr der Oberleitung und den glänzenden Schienen. Sie glich einer übergroßen, lang gezogenen Kutsche mit kleinen und unscheinbaren Rädern. Der hölzerne Kasten war mit Metall verkleidet, damit das Gefährt den elektrischen Mächten standhalten konnte. Großzügige Fenster gaben ihm eine elegante Erscheinung, die von den beiden Plattformen vorn und hinten abgerundet wurde, über die sich das Dach der Kabine erstreckte. Wie ein Kutscher ohne Pferde stand der Fahrzeugführer auf der vorderen und bediente die Kurbel, während nach hinten die Tür zur Kabine ging, durch die die Passagiere ein- und aussteigen konnten. Bis zu zehn Leute konnte sie fassen, und wurden die Stehplätze genutzt, dann gingen auch mal zwölf oder dreizehn. Wer mit der Straßenbahn reiste, der konnte das Stampfen und Ruckeln des Gefährts unter der hölzernen Bank spüren. Auch das leichte Kribbeln der Elektrizität könne man genießen, so hieß es. Es war ein Anblick, der mehr kurios als eindrucksvoll wirkte, der dem Berliner Stadtbild aber dennoch einen Hauch von

internationalem Pioniergeist schenkte. Welche andere Welt-
metropole konnte schon von sich behaupten, als erste eine
Elektrische zu besitzen?

Wie sehr sich Amalia stets gewünscht hatte, auch einmal in die
Straßenbahn zu steigen! Seit ihr zum ersten Mal die Gerüchte
um die Kutsche ohne Pferde erzählt worden waren, hatte sie
die Faszination nicht mehr losgelassen. Und wie groß war die
Begeisterung gewesen, als ihre Eltern sie dann tatsächlich mit
auf eine Fahrt genommen hatten! Das Summen der Schienen
und das dumpfe Singen der Maschinen hatten die empfind-
lichen Ohren des Mädchens erfüllt und ihm einen Schauer
über den Rücken laufen lassen, noch bevor die Straßenbahn
in Sichtweite war, und mit großen Augen hatte es auf das
Ungetüm gestarrt, als es wuchtig und fremdartig auf sie zuge-
krochen kam. Mutter hatte Amalia am Arm gepackt und von
den Schienen gerissen, damit sie sich nicht in Gefahr bringen
konnte. Ihr hatten die Straßen der Großstadt von Anfang an
große Sorgen bereitet: Ein fünfjähriges Mädchen in einem
Chaos, das selbst Erwachsene wie sie überfordern könne? Wie
solle das nur gut gehen? Wenigstens wisse man anhand der
Schienen, wo die Straßenbahn entlangfuhr! Schlimmer seien
diese Automobile, die zwar wesentlich kleiner waren, dafür
aber umso unberechenbarer. Vater dagegen hatte die Bedenken stets mit einem Lachen abgewunken. „Mach den Mund
zu“, hatte er schmunzelnd zu Amalia gesagt, als die Bahn
vor der Familie zu stehen kam. Das Mädchen hatte dieser
Aufforderung nicht nachkommen können, sondern stattdessen angefangen, das Geländer ehrfürchtig zu streicheln. Er
hatte sie daraufhin aufgehoben, unter den Arm geklemmt und
in die Kabine getragen. Mutter war ihnen vorsichtig gefolgt.
Amalia konnte sich erinnern, auf Vaters Schoß gesessen zu

haben und von dort die Straßen Berlins an den Fenstern vorbeiziehen zu sehen. Wie viele Menschen es in dieser Stadt gab! Feine Herren in Anzügen und Damen in aufwändigen Kostümen, geschäftige Arbeiter und schlitzohrige Bettler, faule Halbstarke und spielende Kinder. Merkwürdige Hunderassen führten die Leute mit sich, andere scheuchten Taubenschwärme von ihrem Essen. Hier winkten ihr orientalisch aussehende Gestalten zu, und dort drüben lief ein waschechter Afrikaner. Man unterhielt sich, lachte, schrie sich an. Es gab kaum eine Ecke, wo kein Gewusel, kein Spektakel war. Amalia, die bisher nur die Ruhe des Landlebens gekannt hatte, war von dieser Geräuschkulisse geradezu erschlagen. Es gab Wäschereien, Kolonialwarenläden, Zeitungsstände und Hutläden. Nichts, was es nicht zu kaufen gab. Und die Gebäude! Grau und aus Stein waren sie und ragten so hoch hinauf, dass sie fast den Blick in den Himmel versperrten. Und auch der war grau. Selbst nachts, so sollte Amalia später feststellen, waren weder die Schwärze des Himmels noch die Sterne zu sehen. Schuld daran war der Rauch der Fabriken, der über der ganzen Stadt hing. Dort, in diesen hämmernden und mahlenden Bauwerken ereignete sich die Zukunft. Mann und Maschine, so behauptete Vater, arbeiteten gemeinsam an der sogenannten Industrialisierung, einem magischen Zeitalter voller Reichtum und Glück. Nicht lange, und auch er würde in einer Fabrik unterkommen. Elektrisches Licht und fließendes Wasser in einer schönen Wohnung, von deren Fenster man die Straßen überblicken könne – sei das nicht ein Traum? Theater und Museen besuchen, wichtige Leute kennen lernen, und in Amalias Fall auf eine gute Schule gehen zu können – sei das nicht viel besser als ein langweiliges Leben irgendwo im Nirgendwo auf einem armseligen Hof?

„Ich verspreche dir, Amalia, du wirst noch ganz oft mit der Straßenbahn fahren", hatte Vater ihr zugeraunt und in ihre vor Begeisterung glühenden Wangen gezwickt.

Das war vor drei Jahren gewesen.

Und heute stand sie wieder da und wartete. Wenn sie doch wenigstens dieses Mal das Glück hätte, mitfahren zu können, und sei es auch nur für ein paar Minuten!

Quietschend kam die Straßenbahn vor ihr zu stehen und riss sie aus den Gedanken. Ein Herr mit Gehstock stieg schwerfällig die Metallstufe hinab, übersah jedoch sein etwas beleibteres Ebenbild mit Zylinder vor ihm, das in diesem Moment das Geländer ergriff.

„Verdammt, passen Sie doch auf!", schnaubte der erste Gehstockträger.

Der Zweite hub zu lautstarkem Protest an.

Wenn sie jetzt schnell genug an den beiden dort rechts vorbeischlüpfte ...

„Halt!"

Amalia zuckte zusammen. Der Fahrzeugführer!

„Dreckiges Gör! Glaub' bloß nicht, dass du mitfahren darfst! Schon gar nicht, ohne zu zahlen! Was hast du vor? Scher dich ganz schnell davon, sonst setzt's was!"

Unsanft wurde sie von dem zweiten Gehstockherrn zur Seite geschoben. „Hast du nicht gehört? Hau ab, du Kanalratte!"

Die Leute ringsum stierten sie an.

„Na wird's bald?" Der Bahnführer betrachtete sie verächtlich. Amalia wurde rot und stammelte etwas Unverständliches, doch der Mann winkte ungeduldig ab und wandte sich wieder der Steuerung zu. Ratternd setzte sich die Straßenbahn in Bewegung und fuhr davon.

Amalia seufzte. Einen Versuch war es ja wert gewesen. Elendes Pack! Widerlich orange leuchteten die Schienen in der Abendsonne. Wenn sie sich beeilte, dann war sie im Unterschlupf, bevor es dunkel wurde. Sie drehte sich um und wollte los, wurde jedoch unerwartet von einer älteren Dame in einer tiefvioletten Tornüre festgehalten. Der Stoff, die Ohrringe, die Kette – alles sah verdächtig nach Reichtum aus. „Aber Kindchen! Ich habe alles gesehen. Unmöglich, wie man dich behandelt! Wo sind denn deine Eltern?"

„Tot", antwortete das Mädchen trocken, und als es den entsetzten Gesichtsausdruck der Dame sah, setzte es eine mitleiderregende Miene auf.

„Oh nein! Das tut mir aber leid! Wer sorgt denn für dich?"

„Niemand."

„Niemand? Nicht einmal das Waisenhaus?"

„Nein. Dort wird man nur geschlagen und zur Fabrikarbeit gezwungen." Das war vermutlich noch nicht einmal gelogen, zumindest wenn man Rassel-Peter und anderen Straßenkindern glaubte.

„Ach du meine Güte! Und ich spende regelmäßig dort hin", krähte die Violette und schaute mitleidvoll.

Amalia blickte unglücklich drein.

„Warte mal ..." Die violette Dame kramte ein wenig in ihrer Handtasche herum. Ein bronzener Handspiegel, ein Fächer aus Seide, eine billige Metallbüchse. Aus einem gut gearbeiteten Wildledergeldbeutel holte sie schließlich ein paar Pfennige hervor. „Hier! Kauf dir etwas zu Essen damit."

Tränen kullerten Amalias Augen hinab, und mit einem lauten Schniefen nahm sie das Geld der Violetten aus der Hand.

„D...danke ..."

„Nichts für ungut, meine Kleine!", antwortete diese zärtlich. „Pass auf dich auf!" Sie lächelte noch einmal freundlich und rauschte dann selbstzufrieden davon.

Das Mädchen wischte sich die Tränen ab und steckte die Münzen und das goldene Armband der violetten Dame in ihre Rocktasche. Wie leicht sich manche nur von einem traurigen Gesicht ablenken ließen!

Nein. Berlin hatte sich ganz und gar nicht als die Erfüllung aller Träume von Amalias Familie herausgestellt. Berlin war grau, dreckig und brutal.

Das Zimmer, in das die Familie gezogen war, war viel zu klein und stickig. Die Vermieter hausten in der Wohnung, und so war es immer laut. Ständig hörte man es im Nachbarzimmer reden oder streiten. Vater meinte, sie hätten Glück gehabt. So schnell und günstig ein Zimmer in dieser Großstadt zu finden, sei keine Selbstverständlichkeit. Natürlich, es war nicht groß, und dass sie die Räumlichkeiten mit anderen teilen mussten, dazu nicht in der besten Gegend, war auch nicht geplant gewesen. Aber all das sei ja nur vorübergehend. Bald, bald, wenn das mit der Fabrik klappte, sei alles ganz anders. Mutter betrauerte derweil die Wäsche, die von all der unreinen Luft wieder dunkel wurde, sobald man sie frisch gewaschen zum Trocknen aufhängte.

Nicht lange, und Vater erzählte von einem netten Mann, den er an irgendeiner Straßenecke kennen gelernt habe. Er sei Bankier und wisse genauestens über Geldangelegenheiten Bescheid. Sei es nicht eine glückliche Fügung, jemanden zu kennen, der helfen könne, das Geld, das sie für den Verkauf ihres Bauernhofs bekommen hatten, sinnvoll anzulegen? Mutter hegte Zweifel, ließ sich aber von der schicken Visitenkarte

des Unbekannten beeindrucken und dann ihren Ehemann
walten.

Kurz darauf war Vater verschwunden. Und all das Geld mit
ihm. Drei sorgenvolle Nächte vergingen, dann kam die Nachricht von der Polizei, seine Leiche sei in einem Straßengraben
gefunden worden. Es sei offenbar ein Raubüberfall gewesen.
Von dem ominösen Mann und seiner Bank, zu dem der Er-
mordete unterwegs gewesen sei, fehle jede Spur.

Mutter wurde gebeten, die Leiche zu identifizieren. Mit vor
Weinen aufgequollenem Gesicht kam sie zurück, kaum fähig
zu sagen, was sie denn gesehen hatte. Sie sperrte Amalia daraufhin in dem gemeinsamen Zimmer ein und ließ sie nicht
wieder hinaus. Tagelang saß das Mädchen verzweifelt und allein herum, ohne eine Beschäftigung zu haben. Mutter musste
sich währenddessen um die Aufbewahrung und Herrichtung
der Leiche kümmern und alle nötigen Vorbereitungen für die
Bestattung treffen. Amalia wurde gesagt, sie solle in Sicherheit
bleiben. Böse Menschen seien schließlich überall. Eine nagen-
de Angst befiel das Mädchen und machte die lähmenden Tage
und Nächte noch tränenreicher, noch unerträglicher.

An den Tag der Beerdigung erinnerte sich Amalia später dunkel. Alles war düster und trostlos gewesen. Die kleine Kapelle
mit den roten Backsteinwänden, der endlose Friedhof, der
bewölkte Himmel und der schwarze Sarg mit den Messing-
griffen. Eintönige traurige Lieder, die gesungen wurden. Das
Grab war schwindelerregend tief gewesen, und ein langer, ro-
sa Regenwurm hatte an der Graskante schwarzbraune Erde
herabbröseln lassen. Bis auf den Pfarrer, den Küster, zwei
Messdiener und vier fremde Sargträger war niemand gekommen, um Vater die letzte Ehre zu erweisen. Keine Nachbarn,
keine Freunde. Hier in Berlin kannte niemand die Familie.

Die Verwandten hatten alle geschrieben, dass Berlin leider zu weit weg sei, um rechtzeitig zur Beerdigung zu kommen. Herzliches Beileid aus der Heimat. Mutter hatte viel geweint, ein Anblick, der bis dahin selten gewesen und zutiefst verstörend war. Das Mädchen hatte sich die meiste Zeit in Mutters schwarzen Rock gekrallt. Irgendwann war es, vom vielen Weinen erschöpft, in ihren Armen eingeschlafen und war nach Hause getragen worden.

Mutter hatte versichert, dass sie schon irgendwie durchkommen würden, schließlich könne sie nach Arbeit in einer Fabrik fragen. Das Geld werde schon reichen. Und tatsächlich bekam sie kurze Zeit später eine Stelle.

Sie zogen in eine noch kleinere, heruntergekommenere Wohnung. Hatten sie vorher noch ein wenig Platz für sich gehabt, musste sich die angeschlagene Familie nun ihr Zimmer mit zwei anderen Frauen teilen, Arbeitskolleginnen aus der Fabrik, in der auch Mutter untergekommen war. Die ehemals weißen Wände waren grau, die obere Angel der Tür war herausgebrochen, und die Fenster waren undicht. Auch der Rest der Wohnung war in keinem besseren Zustand, so wie im Grunde das ganze Mietshaus. Die Bewohner, viel zu viele, waren allesamt Fabrikarbeiter, finstere Gestalten, die stets zornig und müde dreinschauten. Tagsüber war alles ausgestorben, doch nachts lärmte es in allen Stockwerken. Türen schlugen zu, Stühle wurden herumgerückt, Schritte polterten und Stimmen tönten in allen Ton- und Gefühlslagen. Die wenigen arbeitsfreien Stunden mussten für alles genutzt werden, was Körper und Seele tagsüber verwehrt blieb. Es mutete beinahe absurd an: Stets konnte Amalia hören, wie sich die Leute über die harte Arbeit beschwerten, doch kaum jemand schien sich bis tief in die Nacht hinein ausruhen zu wollen. Wenn Amalia selbst schlafen wollte, zog sie Kissen und Decke über den Kopf, doch der Lärm ließ sich nicht vertreiben und machte sie beinahe wahnsinnig. Nur tagsüber fand sie einige unruhige Stunden Schlaf. Aber auch die Straße vor dem Haus ließ ihr dann zusammen mit dem Sonnenlicht keine richtige Auszeit. Nicht selten wünschte sich Amalia alle Menschen der Stadt auf den Mond oder sonst wohin, damit sie ein für alle Mal ihre Ruhe hätte. Sollten sie doch den Teufel mit ihrem Höllenspektakel ärgern!

Mutter stand jeden Morgen vor Sonnenaufgang auf, um in die Fabrik zu gehen. Bevor sie die Wohnung verließ, kam sie für einige Momente zu ihrer Tochter und strich ihr kurz über den Kopf, um ihr noch einen schönen Tag zu wünschen, was diese dann mit einem schläfrigen Grunzen erwiderte. Spätabends kam sie dann mit einem mageren Abendbrot nachhause, um keine halbe Stunde später erschöpft ins Bett zu fallen.

Amalia dagegen schlief meistens bis in die Mittagsstunden. Den Tag verbrachte sie größtenteils allein. Die Erwachsenen gingen alle zur Arbeit und nahmen ihre Kinder mit, etwas, das Mutter nach einem Tag in der Fabrik geschworen hatte, Amalia zu ersparen. Abgesehen von ein paar Bauklötzen und einer Puppe hatte sie kein Spielzeug, und diese wurden nach einigen Stunden stets langweilig. Aus der Wohnung traute sie sich nicht. Mutter hatte sie vor diesem unheimlichen Mann in der Erdgeschosswohnung gleich neben dem Eingang gewarnt. Er trinke und habe es auf alle Frauen und Mädchen abgesehen. Manchmal verliere er die Beherrschung und stürze sich auf seine Opfer und versuche sie zu umarmen oder zu küssen. Nicht selten sei das Gezeter im Treppenhaus ihm zu verdanken.

Das Mädchen war der Wohnung schnell überdrüssig. Die Gemeinschaftsküche hatte bis auf etwas Geschirr und einen Holzofen nicht viel zu bieten und in den Zimmern waren zwar die Habseligkeiten der Arbeiter verstaut, doch war es ihr streng verboten, diese anzufassen. So strich sie stundenlang in der einen Hand die Puppe, die andere über die raue Tapete führend, durch die Zimmer. Mal spielte sie einen Waldspaziergang aus ihren Erinnerungen nach, mal tauchte sie in ihren Gedanken ein in ferne Welten und Städte, durch die ihr Weg in ehemals weiß getünchten, fleckigen Spiralen verlief. Manchmal setzte sie sich auch an ein Fenster und schaute auf den Hinterhof oder was spannender war: auf die Straße vor dem Wohnhaus. Viel war jedoch auch dort tagsüber nicht los. Die meisten Gebäude in der Umgebung waren Mietbaracken für Arbeiter der Fabrik. Erst abends kamen die Leute zurück und bevölkerten für kurze Zeit das Viertel. Sie zogen in Strömen durch die Straße, bis sie an ihren Haustüren angelangt waren, um dann im Inneren der Gebäude zu verschwinden. Gegenüber ihres Wohnhauses lag eine kleine Wäscherei und links daneben eine Backstube. Ab und zu kam ein einzelner Kunde vorbei, erbarmte sich der Ladenbesitzer und nahm ihre Dienste in Anspruch. Sie alle fand Amalia langweilig. Bis auf zwei Kinder. Alle paar Tage kamen sie vorbei und besuchten die Bäckerei. Das Mädchen hatte blonde Zöpfe, der Junge braune Locken und stets eine graue Schiebermütze auf. Beide trugen sie verwaschene Hemden und dreckige Hosen, selbst das Mädchen. Älter als Amalia selbst konnten sie nicht sein. Händchenhaltend traten sie in den Laden, um dann kichernd wieder herauszustürzen und schnell hinter der nächsten Biegung zu verschwinden.

Sophie und Julius hießen die beiden. Sie hatten in einem müßigen Moment ihre Beobachterin hinter dem Fenster bemerkt und gewunken. Als Amalia schüchtern zurück gewunken hatte, waren sie einfach an der gefährlichen Tür im Erdgeschoss vorbeispaziert und zu ihr hochgekommen. Das vernachlässigte Mädchen konnte nicht anders als sich zu freuen. Fast einen Monat war sie nun in diesem Loch gefangen gewesen. Endlich wieder andere Kinder! Endlich wieder Freunde! Sie spielten zusammen und teilten sich die gestohlenen Brötchen. Und als Amalias Gesicht endlich wieder vor Freude glühte, redeten die beiden Geschwister ihr gut zu und nahmen sie mit auf die Straße. Sie rannten herum, versteckten sich, rauften miteinander und tollten umher. Sophie und Julius erklärten ihrer neuen Freundin, wie man den Bäckershund geschickt reizte, um sein Herrchen hinter der Theke hervorzulocken, damit man unbemerkt etwas Gebäck stibitzen konnte. Sie zeigten ihr, wie man wohlhabende Bürger anrempelte, um an ihre Jackentaschen zu kommen. Und sie erzählten ihr von Rassel-Peter und seiner Bande. Zu elft waren sie seit kurzem. Peter war ihr mutiger Anführer, ein großer Bruder, der für alle sorgte. Er war zwar erst fünfzehn, hatte aber alle wichtigen Verbindungen, die man brauchte, um auf der Straße leben zu können. So hatte er ihnen allen ein baufälliges Haus besorgen können. Dazu kannte er den ominösen Herrn Ritschke mit der geheimen Goldschmiede unter seinem Gebrauchtwarenladen. Er hatte auch arrangieren können, dass dieser ihnen für ihre Beute Essen und Geld bezahlte. Und er war es auch, der alle Diebeskniffe gemeistert hatte. Noch durften sie ihr nicht sagen, wo das Versteck der Bande war, aber bestimmt dürfe Amalia alle einmal kennen lernen.

Und dies sollte schneller geschehen, als ihr lieb war. Es war ein zugiger Herbstabend. Sophie und Julius waren längst gegangen und Amalia saß wieder einmal am klappernden Fenster und wartete. Es war bereits dunkel, doch Mutter ließ sich Zeit. Wo war sie nur? Die Straße hatte sich bereits wieder geleert. Ob es wieder nur Brot und eine Ecke Käse geben würde? Jäh wurde sie aus ihrer Tagträumerei gerissen, als der plötzliche Lärm zweier Leute aus dem Treppenflur zu ihr drang. Irgendetwas stimmte ganz und gar nicht. Eine Frau kreischte. Schritte polterten die Stufen hinauf. Wieder schrie die Frau, dann das Grölen eines Mannes.

„Lass mich los!"

Das war Mutter! Erschrocken sprang das Mädchen auf.

„Komm her, du Hure", schallte es aus dem Flur.

„Nein! Hilfe!"

Amalia stürzte zur Wohnungstür, ihr Herz raste vor Sorge.

Dumpfe Schläge – das klang nach einem Handgemenge!

„Fass mich nicht an, du Schwein!"

Sie griff nach der Klinke und drückte sie hinunter.

Ein markerschütternder Schrei.Rums.

Sie riss die Wohnungstür auf und fiel fast über das Geländer gegenüber, so schnell war sie. Panisch folgte sie mit ihrem Blick dem Lauf der Treppe, der sich in einer viereckigen Spirale an den Wänden des Treppenhauses mit zahlreichen Wohnungstüren vorbei entlangwand und in den braungescheckten Fliesen des Gebäudeeingangs mündete. Dreieinhalb Stockwerke tiefer zu ihrer Rechten konnte sie einen Mann mit freiem Oberkörper und zerzausten grauen Haaren an der Wand lehnen sehen. Es war ohne Zweifel der Ewigbetrunkene aus dem Erdgeschoss. Wo war Mutter? Dann blickte sie in die Richtung, in die auch der Unhold starrte. Dort, auf dem Plateau zwischen Erd- und

Erstem Geschoss lag eine Gestalt! Amalia schrie auf und rannte die Treppen hinunter. Türen flogen auf. Bis hoch in den obersten siebten Stock war der Lärm gedrungen. Wie in einer Arena drängten sich die Leute ans Geländer, um besser sehen zu können, was unten geschah.

„Mutter!" Amalia preschte die letzten paar Stufen an dem Betrunkenen vorbei und stürzte vor der zusammengekrümmten Frau zu Boden. Mutter hatte die Knie angewinkelt und die Arme an ihre Brust gezogen, so als hätte sie noch versucht, sich während des Falls zu schützen. Der Kopf war unnatürlich nach hinten gedreht. In ihren Augen stand noch immer die Überraschung.

Entsetzt fing das Mädchen an, den Körper zu schütteln. „Mutter, Mutter! Geht es dir gut? Mutter!"

Es bemerkte nicht die schlurfenden Schritte, die von oben auf sie zukamen. Mit einem wüsten Ruck wurde es an den Schultern gepackt und hochgezogen.

„Aus...m W...weg da, Göre! Die Sch...schl...lampe g...hört mir!" Fast wäre Amalia über das Geländer gefallen, als sie beiseite geworfen wurde, doch glücklicherweise bekam sie es gerade noch rechtzeitig zu fassen. Das Gleichgewicht verlor sie dennoch, und so rutschte sie ein paar Stufen tiefer. Die Bestie von Mann bemaß durch sein fettiges, ungeschnittenes Haar sein Opfer mit trüben Augen. Unendlich groß war er, ein dreckiges, stinkendes Ungeheuer. Er zog an Mutters rechtem Arm, sodass sich ihr Oberkörper aufrichtete. Der Kopf kippte zur Seite und begann, hin und herzupendeln, ein Anblick, der Amalia vor Grauen aufschreien ließ.

„Die ...die da will ir...ir'n...wie nich!" Der Mann versuchte, das zitternde Kind vor ihm zu fixieren. „D...dann halt du!"

Noch einmal schrie Amalia auf, als das Scheusal Mutters Körper fallen ließ und auf sie zuwankte. Sie fiel rücklings die Treppe hinunter, doch den Schmerz spürte sie nicht einmal. Mit Tränen in den Augen und einem Herz, das fast zerspringen drohte, schaffte sie es irgendwie hinunter zur Eingangstür hinaus in die kalte Herbstnacht.

Ziellos und von Angst überwältigt irrte Amalia durch die Straßen. Sie wusste weder, wo sie war, noch, wohin sie gehen sollte. Die Sonne stand bereits wieder am Himmel, als sie zurück in der Straße vor ihrem Zuhause zu stehen kam. Leute drängten sich vor der Tür, schwatzten und schauten neugierig. Ein Polizist drängte sich durch die Menge und blaffte wahllos die Umstehenden an. Dann wurde die Tür aufgestoßen, und vier Männer in schwarzen Anzügen trugen einen dunkelbraunen Sarg heraus. Die Masse öffnete sich zu einem Gang, der an eine Kutsche reichte, die sie vorher verdeckt hatte. Zwei schwarze Pferde waren vor sie gespannt. Der Kutschkasten war aus schwarzem Holz, und großzügige Fenster gaben den Blick auf die Fläche frei, auf die der Sarg gestellt werden sollte. Langsam gingen die Sargträger auf das Gefährt zu und schoben ihre Last hinein. Da drin war Mutter! Wo brachten sie sie hin? Sollte sie auf die Kutsche springen? Sollte sie den Sarg öffnen und sie wieder herausholen? Vielleicht lebte sie ja noch? Warum taten die vielen Menschen denn nichts?

Zwei Gestalten traten von hinten an sie heran. Es waren Julius und Sophie. „Amalia. Gut, dich zu sehen! Wir haben gehört, was passiert ist." Sanft legte ihr Sophie eine Hand auf die Schulter.

Amalia stiegen wieder die Tränen in die Augen. „Wie ...?"

„Peter war unterwegs. Aber wir sollten besser gehen, bevor sie dich sehen." Die beiden nahmen sie bei den Händen. „Na los, du willst doch nicht im Waisenhaus landen!"

Die Schatten begannen, länger zu werden, und das Grau der Häuser wurde dunkler. Amalia schob die düsteren Erinnerungen beiseite und versuchte angestrengt auf den länglichen Pflastersteinen an der Bordsteinkante zu balancieren. Es war wichtig, dass sie nicht das Gleichgewicht verlor. Die Arme ausgebreitet setzte sie vorsichtig Schritt vor Schritt. Die Vergangenheit störte nur das Hier und Jetzt. Ändern ließ sie sich nicht, und das Zurückblicken verursachte nur unsägliche Schmerzen. Schmerzen, die ihre Sinne vernebelten. Und hier in Berlin konnte man sich dies auf keinen Fall leisten. Sie schaute entschlossen, um der Straße zu zeigen, dass sie stark war und nicht umfallen würde. Ihr Magen knurrte. Bloß schnell zu den anderen! Amalia beschleunigte ihre Schritte, rutschte jedoch von der Kante ab und wechselte wieder in eine weniger schwierige Gangart. Sie kam an Läden vorbei, die nach und nach schlossen, ließ da noch ein Paar Strümpfe, dort einen Apfel mitgehen. Kauend bog sie in die kleine Gasse, die zu dem leerstehenden Haus führte, in das sie sich mit Rassel-Peter und den anderen Kindern eingenistet hatte. Was es wohl heute zu Essen gab? Sie warf den Apfelbutzen gegen eine Metalltonne. Zufrieden nahm sie das Scheppern wahr – als auf einmal ein ganz anderer, ungewohnter Klang an ihre Ohren drang: ein Vogelzwitschern. War das etwa ein Rotkehlchen? Eine Amsel? Eine Nachtigall? Verwirrt blieb sie stehen. Nein, das waren alle auf einmal! Schon lange hatte sie keine Vögel gehört, sah man von den Tauben auf den Straßen ab. Da, schon wieder! Das unverwechselbare Zirpen einer Grille mischte sich unter den Vogelgesang, fein und irgendwie lockend. Es kam von dem Eingang der Gasse gegenüber. Amalia vergaß ihre Vorfreude auf das Abendessen und machte mit einem erstaunten Lächeln kehrt. Neugierig und langsam, damit sie auch ja keinen Ton durch eine schnelle Bewegung verpasste, folgte sie den Klängen. Ein sanftes Rauschen eines Bächleins, ein Rascheln von Blättern, ein Kinderlachen und der klare Gesang einer Sopranistin wechselten sich nacheinander ab, vermischten sich und formten sich zu einer wundersamen Melodie. Bezaubert kam Amalia vor der Gasse zu stehen. Sie war genauso schäbig und vom gleichen Grundriss wie die, in der sie nun selbst hauste; kaum breit genug für eine Kutsche, mehrere Mülltonnen und heruntergekommene Häuser, die einige Meter weiter in den abendlichen Schatten eines kleinen Hinterhofs mündeten. Den dunkelgrauen Himmel schirmten breite Dächer ab. Die Fenster einer Kneipe erleuchteten schwach gelblich einen Halbkreis vor ihrem Eingang zur großen Straße, die Amalia gerade überquert hatte. Wie ein Künstler auf einer Bühne stand dort ein Junge, nicht älter als zehn, in schlichten Klamotten und mit einem prachtvollen goldblonden Haarschopf und blies selbstversunken in eine glänzende Flöte. Er hatte einen kleinen Zylinder zum Geldsammeln vor sich aufgestellt, der sich beständig füllte. Amalia drängte sich durch das Grüppchen an Zuhörern, um besser sehen zu können. Tatsächlich, die Geräusche kamen von hier! Das Instrument, auf dem der kleine Musikant spielte, war kaum größer als die Spanne seiner beiden Hände und schien aus purem Gold zu sein und hatte die Form eines zarten Zweiges, aus dem lauter winzige Blüten herausprossen. So zierlich war es gearbeitet und so fein verziert, dass es geradezu überirdisch wirkte. Bestimmt an die zwanzig kleine Löcher musste die Flöte haben, und mit jedem Griff wurden ihr neue schöne Geräusche entlockt, obwohl die Finger des

Jungen viel zu groß wirkten. Er beherrschte sie ausgezeichnet. Seine Melodie erzählte Amalia vom Wind auf den weiten Roggenfeldern, durch die sie so gerne gestreift war, von dem angrenzenden Wäldchen, von den Wolken und dem Regen, der auf die Dächer ihres Hofes geprasselt hatte. Er erzählte von den muhenden Kühen, dem Klirren des Sonntagsgeschirrs und dem Wehen des Vorhangs, an dem Mutter so gerne mit ihrem Strickzeug gesessen hatte. Das Mädchen hörte das Knistern des Feuers im Ofen, in dem ständig Brot gebacken wurde, das ruhige Schnaufen des Wachhundes und das Schwappen in den Melkeimern, wenn Vater vom Milchholen zurückkam. Amalia trat zurück und versteckte sich im Schatten einiger Kisten. Dort lauschte sie der Flöte, nicht mehr fähig, ihre Tränen zurückzuhalten. Lange hatte sie sie unterdrückt, und lange, lange flossen sie nun alle aus ihr heraus.

Am nächsten Tag stand der Junge wieder an der gleichen Stelle und spielte auf seinem Instrument. Diesmal war Amalia gefasster. Die Flöte entführte sie in eine vergangene Welt voller Frieden und Anmut, und das Mädchen stand unter der Menge und blieb, bis der letzte Ton verklungen war. So gedankenversunken war sie, dass sie gar nicht merkte, wie sich die Menge zerstreute und der Junge mit dem Instrument verschwand.

Die Tage vergingen, doch der kleine Flötenspieler war jeden Abend zugegen und gab seine Weisen zum Besten. Es sprach sich herum: Ein Kind, das es verstehe, die wundersamsten Töne auf einer himmlischen Flöte hervorzubringen, die selbst die Hartgesottensten berühren konnten. Mit jedem Tag wuchs die Anzahl der Zuhörer. Und der Kneipenbesitzer begrüßte das tägliche Konzert vor seinem Laden, denn es brachte ihm den einen oder anderen neuen Kunden.

Es dauerte ein wenig, da hatte Amalia ihre Gefühlsausbrüche überwunden, und die Neugier siegte. Wer war dieser Junge? Und was war das für eine Flöte? Ob sie wohl Freunde werden konnten? Sie beschloss, sich für den nächsten Auftritt ein Herz zu nehmen.

Der Junge hatte die letzten Töne gespielt, sich verbeugt und wickelte nun sein wertvolles Instrument in ein rotes Tuch, um es dann sorgfältig in der Innentasche seiner Jacke zu verstauen. Noch immer andächtig gingen die Leute nach und nach davon, während er begann, das Geld aus seinem Hut zu zählen.

Vorsichtig trat Amalia heran. „Kuchen?"

Sie hielt ihm ein duftendes Stück Pflaumenschnitte entgegen. Der Junge schaute verblüfft, doch dann hellte sich sein Gesicht auf. „Für mich? Wirklich? Danke!"

Amalia strahlte zurück. Hatte sie doch gewusst, dass er sie mit dem richtigen Geschenk mögen würde!

„Ich bin Amalia. Wie heißt du?"

Der Goldgelockte biss statt einer Antwort in den Kuchen und schüttelte den Kopf. „Nicht so wichtig ..."

Das Mädchen stutzte, nahm aber die Antwort hin. Es gab schließlich Seltsameres.

„Wohnst du hier in dieser Gegend?"

„Nee du." Er schaute hoch in den schwarzen Himmelsstreifen. „Nee. Ich bin nicht von hier."

„Nicht aus Berlin? Wo kommst du dann her?"

Der Junge zögerte und beugte sich dann verstohlen zu Amalias Ohr. „Kann ich dir nicht sagen."

„Komm schon, komm schon!", bat das Mädchen, doch er blieb hart.

„Nein."

„Lass mich deine Flöte sehen! Die sieht so schön aus.“
„Nee. Ich kenn‘ dich doch gar nicht!“
„Doch! Ich heiße Amalia, das habe ich dir doch schon gesagt!“
„Nee. Ich mein’ richtig!“
Amalia überlegte. „Lass uns etwas spielen!“
„Nee. Das darf ich nicht. Ich muss nach Hause.“ Und als er
den traurigen Blick des Mädchens sah: „Aber ich kann fragen,
ob ich vielleicht morgen etwas länger bleiben darf. Bist du
morgen auch wieder da?“
Amalia jauchzte. „Ja! Lass uns morgen spielen. Und danach
zeigst du mir die Flöte!“

Sie spielten König und Königin, Räuber und Gendarm, sie
taten, als ob sie Ritter, Indianer oder Ladenbesitzer wären.
Einmal jagten sie Tauben. Lange konnten sie nicht zusammen
sein, denn der Junge ohne Namen musste immer nach einer
kurzen Weile gehen. Es war ja bereits Spätherbst und die
Straßen dunkel, kein guter Ort, um sich mit einem goldenen
Instrument herumzutreiben.
„Und? Kennen wir uns jetzt gut genug? Darf ich die Flöte
sehen?“
Gerade hatten sie den Boden vor der Kneipe mit einem alten
Ziegel bemalt. Nun kramte Amalia in ihrer Hosentasche und
reichte dem Jungen ein paar Nüsse. Dieser nahm sie freudig an
und wippte verlegen von einem Bein auf das andere, lächelte
jedoch ein wenig. „Ich soll das ja nicht tun ...“ druckste er
und wich ihrem Blick aus. „Aber ...aber vielleicht kann ich ja
bei dir eine Ausnahme machen. Du darfst es aber niemandem
erzählen!“
„Ich schwöre.“

Der Junge schaute sie dankbar an und holte mit stolzer Miene das rote Päckchen hervor.

„Aber nicht anfassen!"

Ein wenig nervös schaute er sich um und schlug dann das Tuch auf. Trotz des schummrigen Kneipenlichts glänzte und schimmerte die Flöte in all ihrer Schönheit. Die feinen Gravierungen und sorgfältig gearbeiteten Blütenknospen – doch Amalia glaubte, darunter feine Drähte und Zahnräder erkennen zu können. Als sei diese Flöte mehr als nur ein Instrument, eine Maschine von fremdartiger, märchenhaft alter Bauart. Von was für einem unschätzbaren Wert sie sein musste!

„Woher hast du sie sie denn?" fragte Amalia ehrfürchtig.

„Das darf ich nicht sagen, das ist ein Geheimnis."

„Dann zeig' mir wenigstens, wie man sie spielt!"

„Aber das hast du doch schon gesehen."

„Nein. Ich meine: Wie bekommst du diese Töne heraus?"

Der Junge überlegte. „Na gut. Aber erzähl' es niemandem! Hör mal!" Er setzte die Flöte an seine Lippen und begann, tief einzusaugen. Und auf einmal, so schien es, wurden alle Geräusche eingesogen: Das Klirren der Gläser aus der Kneipe, die Stimmen hinter den Fenstern, das Klappern und Ruckeln einer vorbeifahrenden Pferdekutsche, das Tappen vorbeigehender Heimkehrer und schließlich auch Amalias eigenes Atmen und Herzklopfen. Es wurde unheimlich still. Das Mädchen drehte und wendete sich, um auch nur einen Laut auszumachen, während ihm der Junge grinsend zusah. Es war eine Ruhe, die Amalia schon lang nicht mehr erlebt hatte. Wie laut es immer hier in der Stadt gewesen war, selbst in den ereignislosesten Momenten! Eine seltsame Erleichterung, ja Geborgenheit machte sich in ihr breit. Sie sog tief die Luft ein, als habe ihr die plötzliche Taubheit auch ermöglicht, völlig frei zu atmen. Ein feines Lächeln stahl sich auf ihr Gesicht. Verschmitzt legte der Junge das Instrument wieder an und entließ mit einigen Griffen wieder die soeben eingefangenen Geräusche. Ein Laut der Verwunderung entfuhr Amalia. Sie musste erst einmal begreifen, was soeben passiert war. „Lass mich auch mal!" rief sie und griff nach dem Instrument, doch der Junge drehte sich gerade noch rechtzeitig weg.

„Du darfst sie nicht anfassen, sie ist unglaublich wertvoll!"

Amalia schmollte. „Und wenn ich ganz vorsichtig bin? Ich mache sie bestimmt nicht kaputt. Und morgen bringe ich Bonbons mit, versprochen!"

Der Junge kämpfte sichtlich mit sich selbst. „Na gut. Aber ..."

„Ich weiß schon, niemandem etwas davon erzählen."

„Ich dürfte nie wieder auf ihr spielen." Vorsichtig legte er ihr die goldene Flöte in die Hände. Sie war viel leichter als gedacht und schien zu ticken, als habe sie ein winziges mechanisches Herz im Inneren verbaut.

All das Rattern der Straßenbahnen, das Quietschen der Automobilreifen, das Trommeln der Pferdehufe, das Rufen der Straßenverkäufer, das Stampfen der Fabrikmaschinerie, die unzähligen Stimmen der Stadtbewohner – wie leicht wäre es doch, Berlin ein für alle Mal verstummen zu lassen! Was für Gesichter sie machen würden, wenn auf einmal ihre Münder kein Geplärre von sich geben und ihre Maschinen nicht mehr randalieren würden! Amalia würde durch die Straßen laufen und alle auslachen. Denn endlich würde Berlin das machen, was sie wollte! Und wie verlockend war es doch, die Ohren wieder mit den sanften Tönen der Natur, mit Musik, ja mit Frieden und Stille, mit Heimat zu füllen! Vor allem die Stille – der eine Moment gerade eben, der ihre Ohren von all der

Widerlichkeit Berlins befreit hatte, hallte in ihr noch immer
nach. Es war, als hätte sich ein samtweiches Tuch über sie
gelegt, das ihr Geborgenheit, aber auch ein Gefühl von Un-
verwundbarkeit gegeben hatte. Es erinnerte sie an ihr altes
Zuhause, nur war es reiner, unendlicher, mächtiger. So stark
hatte sie sich noch nie gefühlt. Was sie nicht alles machen
konnte, wenn sie erst alle Geräusche verbannt hatte! Was für
eine geniale Rache an dieser Stadt! Wie ein wildes Tier sprang
Amalia dieser Gedanke an und verbiss sich in ihr. Hatte ihr
diese gottverdammte Stadt nicht ein einmaliges Geschenk
gemacht? Was auch immer dieser Junge vorhatte mit dieser
Flöte – bestimmt würde er nicht das tun, was sich Amalia
so sehr wünschte! Warum also nicht die Sache selbst in die
Hand nehmen? Wenn sie schnell genug war, dann ...
Sie lief los.
Der Junge schrie überrascht auf – wertvolle Augenblicke, die
Amalia einen kleinen Vorsprung verschafften. Panisch rannte
er ihr nach. Über Pflastersteine und Bordsteinkanten, Pfer-
demist und Abfall, vorbei an Schaufenstern und Backsteinwänden, Straßenlaternen und erschrockenen Passanten ging
die Jagd. Wohin Amalia wollte, wusste sie nicht. Sie hätte zu
Rassel-Peter laufen können, doch gerade hieß es nur: dem
Jungen zu entwischen. Leider war dieser fast so schnell wie sie
selbst. Sie preschte Straßen und Gassen entlang, bis sie nicht
mehr wusste, wo sie war. Mittlerweise war sie in einer beleb-
teren Ecke Berlins angekommen, und wären nicht die Leute
gewesen, die aus unerfindlichen Gründen so zahlreich noch
unterwegs waren, wäre ihr vermutlich die Flucht gelungen.
Zahlreiche Läden säumten die breite Straße, in deren Mitte
Straßenbahnschienen glänzten. Amalia rempelte einen müde
aussehenden jungen Herrn an und wäre beinahe von einer

Kutsche überfahren worden, als sie versuchte, auf die andere Straßenseite zu rennen. Unwillkürlich musste sie stehen bleiben, und im nächsten Augenblick hatte sich auch schon der Junge auf sie gestürzt und schreiend zu Boden geworfen.

„Gib' mir meine Flöte zurück, Miststück!"

Es entstand ein kurzes Gerangel. Der Junge schien zu verlieren, doch dann bekam er Amalias Hand mit der Flöte zu fassen und drehte ihr das Instrument aus der Hand. Das Mädchen schrie vor Schmerz auf. Der Junge wand sich unter ihr hervor und rappelte sich auf. Im Nu war auch Amalia wieder auf den Beinen und stürzte sich auf den Jungen. Sie griff nach der Flöte, doch verfehlte sie sie und schlug sie stattdessen aus seiner Hand. In hohem Bogen flog das Instrument auf die Schienen der Straßenbahn.

„Nein!", schrien beide.

Amalia hechtete ihr nach, doch es war zu spät.

Mit unerbittlicher Macht kam in diesem Augenblick die Straßenbahn angerollt, und noch bevor das Mädchen die Hand nach dem goldenen Instrument ausstrecken konnte, walzten die Räder darüber. Mit einem gewaltigen Knall ließ die zerbrechende Flöte all die Töne heraus, die sie je eingefangen hatte. Es waren nicht nur die Chöre von unzähligen Vögeln, nicht nur das Tosen endloser Wälder oder ein Orchester vielfältiger Instrumente und Sänger, nein, es mischten sich auch das Klingen von Waffen jahrhundertealter Schlachten, die verzweifelten Schreie von Kindern und Frauen, das Toben grausamer Gewitter und das Beben versinkender Städte hinzu. Lärm und Musik, Lachen und Weinen, Geburten und Tod – all das hatte die Flöte miterlebt und in sich aufgesogen.

Das Straßenbahnrad verbog sich, das Pflaster klaffte auf und Fenster zersprangen von der Gewalt, die entfesselt worden war.

Amalia wurde gegen einen Laternenpfahl geworfen, doch den Aufprall hörte sie nicht mehr. Ihr Körper schmerzte, ihre Augen waren voller zerbröckeltem Putz und aufgewirbelter Erde, ebenso ihr Mund und ihre Nase.

Es war ruhig. Nur allmählich sank der Staub zu Boden und gab den Blick auf die zerstörte Szenerie frei. Die Straßenbahn war stehen geblieben und auf das zerstörte Rad gekippt. Passanten rappelten sich mit erschrockenen Mienen auf, andere kamen aus allen Richtungen hergelaufen. Manche entdeckten das Mädchen und befragten es aufgeregt. Ihre Gesichter verzerrten sich, die Münder klappten auf und zu, doch kein Laut drang an Amalias zerfetzte Trommelfelle. Eine unerbittliche Stille machte sich in ihr breit, eine Stille die sie nie mehr verlassen würde. Kein Fabrikstampfen mehr. Kein Straßenbahnrattern, kein Geschrei. Aber auch kein Lachen, keine tröstenden Worte, keine Musik. Hilflos sah sich Amalia um. Die zerbrochene Flöte und der goldgelockte Junge waren verschwunden.

Der blaue Mann

Der blaue Mann lag in seinem geräumigen Aquarium und schlief. Man hatte ihm ein wassertaugliches Bett, eine Plastikkiste für die wenigen persönlichen Habseligkeiten, einen Tisch mit Lampe und einen Stuhl gegeben, dazu mehrere künstliche Felsen, Topfalgen und für den Hintergrund ein Panoramafoto einer Korallenlandschaft. Die Toilette, ein behelfsmäßiger Schlauch, der die Fäkalien auf Knopfdruck einsaugte, war gut kaschiert in einer silbernen Kiste neben dem Bett. Neben dem Tisch stand ein kleines Regal mit einigen Büchern, deren Seiten in Plastik eingeschweißt waren und sich dadurch nur mühsam umblättern ließen, eine Notlösung, denn irgendwie musste man ja den so Gefangenen bei Laune halten. Eines hatte es tatsächlich auf das Kopfende des Bettes geschafft, offenbar hatte der Bewohner bis kurz bevor er eingeschlafen war, darin gelesen.

Die drei Männer standen vor der Scheibe des Aquariums und begutachteten ihre Schöpfung. Sie war gut, nein, perfekt. Was hier vor ihnen lag, war nichts weniger als die genetische Vervollkommnung des Menschen, fähig die Tiefen des Ozeans zu erkunden und zu besiedeln. Die Haut war dick und beschuppt wie die eines Fisches, Hände und Füße waren vergrößert und mit Schwimmhäuten versehen, die Augen an die Dunkelheit der Tiefsee angepasst, und die Kiemen am Hals hatten die Nase ersetzt. Wie lange hatten sie doch an diesem Geschöpf gearbeitet! Wie viele Gensequenzen zusammengestückelt, wie viele Ratten mutiert, wie lange für das Recht auf Menschenversuche gekämpft! Und wie groß war die Freude gewesen, als die Gentherapie endlich funktioniert hatte! Es würde nicht lange dauern, und sie würden auch andere Exemplare der Spezies Homo sapiens sapiens dieser Verwandlung unterziehen können.

„Meine Herren, sind Sie bereit?" Der Professor schaute die zwei weißbekittelten Assistenten zu seiner Rechten an und klopfte dann auf ihr Nicken hin laut an die Scheibe des Aquariums. Der blaue Mann räkelte sich ein wenig, richtete sich auf und schwamm dann mit missmutigem Blick vor sie an die Scheibe. Die drei winkten ihm lächelnd zu, Begrüßungsworte hätte er im Wasser sowieso nicht hören können. Er nickte als Zeichen, dass er sie zur Kenntnis genommen hatte.

„Was für ein Prachtkerl", murmelte der erste Assistent vor sich hin.

„Nicht wahr", pflichtete ihm der Professor bei. „Wunderschön."

„So schön schillernd blau", bemerkte auch der andere Assistent.

„Ich könnte mich gar nicht sattsehen an ihm, diesem genetischen Wunder", schwärmte der Professor. „Aber dafür sind wir ja nicht hier." Er griff in seine Hosentasche und holte zwei seltsame graue Steine aus seiner Tasche. Geröll. Die hier sind für dich, gab er dem Blauen per Zeichensprache zu verstehen.

„Und Sie sind sich wirklich sicher, dass das der richtige Weg ist?", fragte Assistent Nummer Zwei. Er war erst seit einigen Monaten zu diesem Projekt gestoßen und noch nicht ganz so von dessen Umsetzung überzeugt wie sein Kollege.

„Absolut", versicherte ihm der Professor und ergriff die Leiter, die ihm Assistent Eins an die Glaswand gestellt hatte. „Es ist der einzige Weg, um eine sichere Anpassung an den Meeresgrund zu gewährleisten." Vorsichtig stieg er nach oben und ließ die Steine ins Wasser fallen.

„Tut mir leid, ich kann mir einfach nicht vorstellen, dass das unter Wasser funktioniert", warf wieder der zweite Assistent ein.

„Es muss. Und es wird, da bin ich mir sicher. Notfalls denkt er sich eine andere Methode aus. Aber als die erste und wichtigste Fertigkeit des Menschen ist es unumgänglich, dass er sie beherrscht."

Der Professor war wieder von der Leiter gestiegen und holte zwei weitere Steine hervor. Er gab dem Fischmenschen zu verstehen, dass er ihn nachmachen solle, und begann, die Steine merkwürdig gegeneinander zu reiben. Sein blauer Schüler blickte skeptisch drein, folgte den Bewegungen aber brav.

„Zugegeben", fing der Professor an zu erklären, „hier müssen wir die altsteinzeitliche Kunst des Steineschlagens überspringen. Das ließe sich unter Wasser nicht richtig umsetzten. Aber ich denke, dass wir nicht allzu schwere Fehler begehen, wenn wir ihm stattdessen das jungsteinzeitliche Steineschleifen beibringen."

„Was ist denn der entscheidende Unterschied? Abgesehen von der Technik?", fragte der zweite Assistent misstrauisch.

„Effizienz", erklärte der Professor. „Unser Freund hier müsste eigentlich dankbar sein. Schließlich war das Steineschleifen für unsere Menschheit ein großer Schritt in Richtung bessere Technologie und damit Richtung moderne Zivilisation. Wussten Sie etwa, dass geschliffene Steine wesentlich weniger Abfall produzieren? Bei geschlagenen entstehen mehr Abschläge als nutzbare Gegenstände."

Assistent Eins nickte eifrig, um zu zeigen, dass er diese Informationen im Gegensatz zu seinem Kollegen bereits zum wiederholten Male zu hören bekam und versuchte, einen drohenden Redeschwall zu unterbinden, indem er die Grundaussage vorwegnahm: „Wir geben ihm ja auch die Schrift und sämtliche Kenntnisse der Fischzucht und Unterwasserlandwirtschaft mit, nicht wahr? Damit hätte er ein fast vollständiges Neolithikum als Grundlage seiner weiteren Entwicklung. Er beginnt sozusagen mit der Ära der Sesshaftwerdung. Fehlt nur noch die Töpferei. Aber die können wir ihm schlecht mitgeben ...“

„Ich bin mir sicher, er wird kreativ werden und sich andere Methoden überlegen, wie er einen Topf herstellt. Aus Stein etwa, oder er beginnt das Korbflechten mit Algen. Mal abgesehen davon, dass er unter Wasser seine Behälter bestimmt für andere Zwecke benutzen wird als wir an der Luft und darum nach anderen Formen und Eigenschaften suchen wird.“

„Ein Neolithikum unter Wasser, na wenn das gut geht ...Ich sehe ihn noch immer verzweifelt auf dem Meeresgrund herumirren und kläglich verenden – wenn er nicht einfach die Fische nachmacht und zu einem Tier degeneriert. Ich hoffe wirklich, Ihr Plan geht auf.“ Der zweite Assistent trat dicht an das Aquarium und schaute dem blauen Mann zu, wie dieser seine Steine gegeneinander schliff. Als wäre er eine Art Affe, dem man ein Kunststück beigebracht hatte. Bei diesem Anblick schien es kaum vorstellbar, dass diese Gestalt bis vor wenigen Monaten ein verständiger, luftatmender Mensch gewesen war, der geschickt und souverän auf seine Umwelt reagiert hatte. Leider hatte die Gentherapie all seine Erinnerungen gelöscht und ihn quasi zu einem Neugeborenen gemacht. Essen, Schwimmen, auf die Toilette gehen und ähnliche Lebensfähigkeiten hatte er gänzlich von neuem lernen müssen. Auch die Sprache hatte er sich mühsam aneignen

müssen - nach Art der Taubstummen, denn unter Wasser kann man ja bekanntlich nicht reden. Es gab noch Vieles zu tun, er hatte noch längst nicht den Stand seines früheren Selbst wiedererlangt. Und es blieb nur zu hoffen, dass er bald wieder auf eine ähnliche Intelligenz kommen würde wie zuvor. Dass ihn die Landmenschen ausreichend aufziehen konnten. Dem Professor schien aufzufallen, welchen Eindruck seine Schöpfung auf den jungen Doktoranden machen musste, denn er geriet schon wieder in einen Redefluss: „Keine Sorge, jahrelange Recherchen zur Menschheitsentwicklung können nicht irren. Es ist alles eine Frage der Anpassung, im Großen wie im Kleinen, soll heißen: sowohl biologisch-individuell als auch kulturell in der Masse. Evolution, Darwin und so weiter, sie wissen schon. Diese Dinge brauchen eben ihre Zeit. Sie verstehen, was ich mit Anpassung meine?" Ohne auf eine Antwort zu warten, fuhr der Professor fort zu erklären: „Ein Tier muss die Umwelt, in der es sich aufhält, überleben können. Mag banal klingen, und man sollte meinen, es wäre schlau genug, sich den richtigen Ort zum Überleben auszusuchen. Aber in Wahrheit ist es eine Sache von Millionen von Jahren beständiger natürlicher Auslese. Das Tier passt sich über Generationen immer besser an seine Umwelt an, bis es reibungslos sein Leben meistern kann."
Assistent Eins nickte ihm zu, um ihm zu verstehen zu geben, dass er und sein Kollege sehr wohl wussten, wie Evolution funktionierte, und zu ihrem Glück verstand ihr Chef den Hinweis. „Aber zurück zu unserem werten Herrn hier im Aquarium. Diesen langwierigen Prozess hat er ja nicht mehr nötig, das haben wir schließlich durch unsere optimierte Gentherapie erledigt. Aber das ist nicht der einzige Trumpf, den er der Natur gegenüber hat. Er ist ja schließlich ein Mensch. Und

dadurch hat er sein ausgebildetes Geschick, seine trainierte Kombinationsfähigkeit und unser Wissen. Er wird sich mit diesem gewaltigen Vorteil auf den Meeresgrund begeben und alles, was er dort findet zu seinem Nutzen verwenden können." Die Rede des Professors nahm an Fahrt auf: „Und falls Sie sich fragen, wie das konkret aussehen soll: Er kann sich fortwährend neue Materialien aussuchen und neue Techniken erdenken. Die besten wird er sich merken, die schlechten wird er entweder verändern oder verwerfen. Eine Evolution der Dinge, wenn Sie wollen. Innerhalb von einigen Generationen wird er das Meer kennen und beherrschen wie unsere neolithischen Vorfahren. Und das Beste ist: Er wird neues, uns noch gänzlich neues Wissen anhäufen. Sehen Sie: So wird aus ihm ein echter Meermensch. Und glauben Sie mir, diese selbstständige Entwicklung ist ausgesprochen wichtig für ihn. Wir würden ihm so viel nehmen, wenn wir ihm diese verweigern würden. Stellen Sie sich vor, was passieren würde, wenn wir ihm von Anfang an Eisenwerkzeug, Glasflaschen oder elektrische Geräte mitgeben würden! Er hätte keinerlei Anreiz, sich nach neuen Möglichkeiten im Wasser umzusehen. Er würde sich zurücklehnen und darauf vertrauen, dass wir ihm alle nötigen Sachen hinunterschicken. Keine Erschließung neuer Ressourcen, keine Kreativität, kein Forschungsdrang. Einfach nur ein Status quo. Es würde nie einen fairen Austausch zwischen uns geben. Ganz zu schweigen von den gesellschaftlichen Folgen in der neuen Zivilisation. Die Dinge würden einen unermesslichen Wert besitzen, da sie ja nicht selbst hergestellt werden könnten. Und wehe denen, die nicht über sie verfügen! Unschöne Machtstrukturen würden sich ergeben. Sie kennen ja den Horror schon aus unserer Politik."

Der blaue Mann klopfte plötzlich an die Scheibe und zog
die Aufmerksamkeit wieder auf die Steine in seinen Händen.
So?, schien er anzudeuten, mache ich das richtig? Einer der
Steine hatte eine glatt geschliffene Stelle bekommen. Die erste
Lernlektion war erfolgreich gewesen. Begeistert nickten die
drei Landmenschen mit ihren Köpfen.
„Bravo, bravo", rief Assistent Eins dem Blauen zu.
Assistent zwei wandte sich an seine beiden Kollegen. „Ich
würde ihm ja am liebsten ein Leckerli hineinwerfen. Haben
wir etwas Entsprechendes?"
„Untersteh' dich! Das ist doch kein Zirkustier! Das ist ein
Mensch! Respekt bitte!", fuhr ihn der Erste an.
„Entschuldigung, das war nur so ein Reflex."
Der Professor holte wieder die Steine aus seiner Tasche hervor
und zeigte eine andere Schleifbewegung. Der Fischmensch
schaute, dann setzte er sich auf den Stuhl und vertiefte sich
in seine neue Kunstfertigkeit.
„Wo war ich stehengeblieben?", überlegte der Professor laut.
„Ach ja, wir hatten es von der zwangsläufigen materiellen Ab-
hängigkeit der Menschen im Meer von uns, wenn wir ihnen
immerzu nur geben und geben. Und da stellt sich doch auch
die Frage: Was, wenn diese Dinge unwiderruflich kaputt gingen? Oder wir Oberirdischen eines Tages aus irgendeinem
Grund – sei es, dass wir nicht mehr wollen, sei es, dass wir
nicht mehr können oder schlicht nicht mehr da sind – ihnen nichts mehr geben? Wir hätten einen ganzen Zweig der
menschlichen Spezies dazu verdammt, unterzugehen. Nein,
wir müssen gewährleisten können, dass es zu keiner Abhän-
gigkeit von uns und unserer Technologie kommt!"
„Wo wir bei dem Punkt angelangt wären, dass wir Oberirdischen uns soweit zurückhalten sollten, dass wir unsere Exis-

tenz besser direkt verleugnen, nicht wahr, Herr Professor? Erinnere ich mich da richtig?", warf der erste Assistent ein. „Aber so ganz will mir immer noch nicht in den Kopf, wie das funktionieren soll. Schließlich werden die ersten Exemplare direkt aus unserem Labor kommen."

„Ja, da haben Sie völlig recht in dem, was Sie sagen. Und selbstverständlich sind Ihre Zweifel durchaus berechtigt. Aber lassen Sie mich erklären, warum ich dennoch denke, dass alles bestens laufen wird. Ein kurzer geistiger Ausflug in die Denkweise des Menschen wird Ihnen sicherlich zum Verständnis helfen."

Die beiden Assistenten tauschten heimlich Blicke aus, sagten jedoch nichts.

„Zuerst zu der Tatsache, dass es besser wäre, uns Erdenmenschen vor den Wassermenschen zu verstecken. Eine unabdingbare Sache, wie Sie sich schon denken können: Würden wir uns zu sehr präsent in ihren Köpfen machen, würden sie nur versuchen, mit uns Kontakt aufzunehmen. Sie würden wissen wollen, wie wir leben, was für Technik, was für Gegenstände wir haben. Oder sie würden sogar zu uns auf das Land kommen. Und damit hätten wir die ganzen bereits genannten Gefahren wieder: Sie würden von uns verlangen, dass wir unseren Fortschritt mit ihnen teilen - ob im Frieden oder im Krieg sei dahingestellt. Und vermutlich würden sie auch nicht nachvollziehen können, wenn wir dem nicht nachgehen."

„Soweit, so logisch", pflichtete Assistent Zwei bei. „Aber wie sollen wir nun mit den Labor-Menschen umgehen? Sollen wir erneut ihre Erinnerungen löschen? Oder irgendwie ihre Denkweise ändern? Ich dachte, wir sind hier, um ihm" - er wies auf den blauen Mann, der ihm mit seinen beiden Steinen zurückwinkte - „nützliche Dinge beizubringen?"

„Ja, unser Mensch aus dem Labor ...lassen Sie mich das näher
erläutern. Womit wir bei der menschlichen Denkweise wären.
Sie denken vielleicht, unser Menschsein würde sich durch
besondere Intelligenz auszeichnen, über Empathie oder über
den Gebrauch von Werkzeugen. Weit gefehlt, meine Herren!
In all diesen Hinsichten sind wir nicht ansatzweise so her-
ausragend von der Tierwelt wie wir denken mögen. Denken
Sie doch an die Klugheit von Delfinen, die Trauer einer Ele-
fantenmutter ohne Kind oder an Krähen, die Stöckchen für
die Nahrungssuche verwenden. Alles schon eingehend von
den Wissenschaften untersucht. Nein, unser völliges Allein-
stellungsmerkmal ist eine ganz besondere Eigenschaft, auf
die Sie vermutlich nicht kommen würden. Eine Eigenschaft,
die unser Problem von selbst lösen wird: Der Mensch kann
in Hypothesen denken, das heißt, sich das vorstellen, was
außerhalb der Realität ist.“
Der Professor bemerkte den skeptischen Blick der Assistenten.
„Sie glauben mir nicht? Linguisten haben schon seit langem
versucht, den Ursprüngen der Sprache auf die Schliche zu
kommen und damit natürlich auch den Gedanken, die Tiere
so hegen. Bienen, Vögel, Wale - sie können alle miteinander
kommunizieren. Sie können sagen, wo es etwas zu Essen gibt,
ob sich ein Feind anbahnt oder dass sie sich fortpflanzen
wollen. Viel tiefgründigere Aussagen hat man nicht gefunden,
und dann musste natürlich unser nächster Verwandte, der
Affe herhalten. Er konnte uns per Zeichensprache sagen, dass
er Hunger hat, dass er Essen will und welche Zahl er auf dem
Bildschirm sehen kann. Er konnte uns sogar sagen, dass er
traurig ist oder sich freut. Aber nicht, was morgen sein würde
oder was sich im Raum nebenan befinden könnte. Er konnte

sich nur auf das beziehen, was er sah, was mit ihm in der Gegenwart existierte."

„Und der Mensch?", flüsterte Assistent Zwei gespannt.

„Der Mensch kann das alles natürlich auch. Aber er kann so viel mehr. Er kann sich das ausmalen, was jenseits von seiner realen Gegenwart ist, er kann sich überlegen, was gestern war, was morgen sein wird. Er kann erfassen, was weit entfernt ist oder das, was gar nie sein wird. Er kann sich überlegen, was möglich und was unmöglich ist. Er hat ein lebendiges Vorstellungsvermögen, sprich: Er hat Fantasie. Und die ist nicht nur dazu da, die Bedingungen der Umwelt zu beherrschen lernen, sich Techniken auszudenken, aus Fehlern zu lernen und die Zukunft zu planen. Der Mensch neigt auch dazu, sich die Welt zu erklären."

„Das heißt also, er ist fähig, komplexe und vielschichtige Gedanken zu haben", überlegte Assistent Zwei laut. „Und mit der Sprache ist er fähig, das alles auszudrücken. Im Gegensatz zu Tieren. Habe ich das richtig verstanden?"

„Genau. Nicht nur die Ideen des Menschen sind komplex, sondern auch unsere Ausdrucksweise, weil sich beide gegenseitig bedingen."

„Dann ist es also doch unsere Sprache, die uns von allen anderen Lebewesen unterscheidet!" auch Assistent Eins fing nun an, herumzuphilosophieren. „Aber was hat das denn noch einmal mit dem Problem zu tun, dass sich unser Herr hier an die Oberwelt erinnern könnte?"

„Sehr viel", fuhr der Professor wieder fort. „Haben Sie sich schon einmal Gedanken gemacht, was Sprache eigentlich ist? Im Grunde handelt es sich um Ideen, die in Laute gegossen wurden. Und je nachdem, wie sie nach bestimmten Regeln - also der Grammatik - von sich gegeben werden, können sie einen Sinn mitteilen – im Fall des Menschen eben Sinn, der nur mit viel Intelligenz verstanden werden kann. Jeder Mensch spricht. Er will sich seinen Mitmenschen verständlich machen, sich ihnen mitteilen, mancher mehr, mancher weniger. Eine Angewohnheit, die tief in uns verankert ist, und die wir täglich nutzen. Behalten Sie das einmal im Hinterkopf. Denn unsere Erkenntnis es geht noch weiter."

Der zweite Assistent runzelte die Stirn. „So? Worauf wollen Sie hinaus?"

„Überlegen Sie einmal: Was passiert, wenn Sie mehrere solcher Sinneinheiten hintereinanderstellen? Dann erzählen Sie. Und der Mensch liebt es zu erzählen! Man könnte geradezu sagen, er denkt in Erzählungen! Er kann gar nicht anders, wenn er vielfältigen Sinn vermitteln will. Und je mehr jemand erzählt, desto mehr Fantasie fließt unweigerlich in diese Geschichten hinein: Überlegen Sie doch, wie Sie zum Beispiel abends nach Hause kommen und Ihrer Liebsten von Ihrem Tag erzählen: Ist wirklich alles genauso passiert? Vielleicht wollen Sie etwas anschaulicher beschreiben, vielleicht irgendwelche Lücken füllen, vielleicht auch einfach nur übertreiben, damit Sie in Ihrer Erzählung besser dastehen. Und wenn Ihre Zuhörerin wiederum etwas weitererzählt, dann bringt sie wiederum ihre eigenen Sichtweisen dazu.

Und jetzt stellen Sie sich vor, was passiert, wenn unsere ersten Meermenschen ihren Kindern von uns Erdenmenschen erzählen, was sie zwangsweise werden. Wir müssen nur einige Generationen abwarten, und sie haben sich unsere Oberwelt als einen mystischen Ort zusammengesponnen, der nichts mehr mit dem zu tun hat, was sie eigentlich ist. Sie werden an göttliche, ihnen ähnliche, aber übermächtige Wesen glauben, die sie und ihre Meereslandschaften erschaffen haben. Viel-

leicht werden sie sogar uns und unseren blauen Freund hier verehren. Sie werden sich durch ihren Glauben untereinander zusammengehörig fühlen und sie werden sich durch ihre gemeinsame Herkunft eine eigene Identität aufbauen, die sie von allen Meeresbewohnern als einzigartig erscheinen lässt."
„Sie erschaffen sich also eine Religion." Nachdenklich kratzte sich Assistent Eins am Kopf. „Ein Produkt der Wissenschaft, das den Glauben findet – das ist schon sehr bemerkenswert."
„Ja. Die Folgen wären so tiefgreifend wie faszinierend. Wer weiß? Vielleicht werden sie sich irgendwann eine Gesellschaft ausgedacht haben, deren Regeln es vorsehen, dass sie eines Tages nach dem Tod zu uns auf die Erde kommen, in das himmlische Paradies, den Ort des Sonnenlichts. Wie auch immer – die Fantasie wird ihnen schon das Richtige zu glauben geben. Damit hätten sie alles, was sie für ihre Existenz wissen müssten. Und wenn sie sich doch etwas nicht erklären können – nun ja, da wird ihnen erneut die Fantasie weiterhelfen. Die alten Wikinger wussten nicht was der Donner ist, und so gab es für sie den wilden Donnergott Thor, nicht wahr?"
Nun wurde Assistent Eins langsam doch ein wenig unruhig. In sein Gesicht stand sichtlich der Frust geschrieben, und er wurde lauter: „Aber was ist mit dem gesunden Menschenverstand, der Skepsis, dem Forschungsdrang? Das ist doch verantwortungslos, die Menschen da unten einfach Sachen glauben zu lassen, die sie sich zufällig ausgedacht haben! Ich muss zugeben, als Doktorand kräuseln sich mir geradezu die Zehnägel bei so viel Wissenschaftsfeindlichkeit."
„Sie wissen doch, was für unsere Meeresbewohner auf dem Spiel stünde! Ich denke aber nicht, dass wir ihnen den Drang nach der Wahrheit aberziehen sollten, im Gegenteil. Sie werden genug Vorstellungskraft besitzen und auf ihre Weise Forschun-

gen tätigen können, ohne dass wir uns zwangsweise offenbaren müssen. Vielleicht finden sie ja alte Fischskelette, erkennen die Ähnlichkeiten zu ihrem Körper und fangen an zu glauben, sie hätten sich vor langer Zeit aus Fischen entwickelt. Das würde gerade für die gesellschaftswissenschaftliche Beobachtung besonders faszinierend werden. Dann würden sich die einen, die an die Fische glauben mit denen, die an die oberirdischen Götter glauben, streiten. Und die Wahrheit würde immer weiter verschleiert bleiben."

„Aber wäre das nicht irgendwie furchtbar?", fragte Assistent Zwei. Er zeigte sichtliches Unbehagen bei dem, was er zu hören bekam.

„Wäre es das denn wirklich?", konterte der Professor.

Darauf konnte niemand eine Antwort geben, und so trat für eine Weile eine nachdenkliche Stille ein.

Der blaue Mann hatte sich auf seinen Stuhl gesetzt und beobachtete die Männer neugierig, wie sie so dastanden, während er mit dem einen Stein immerzu an dem anderen herumschliff. Er schien Gefallen an dem gefunden zu haben, was ihm vorhin beigebracht worden war.

Schließlich brach wieder der Professor die Stille: „Wir müssten ihnen unser Wissen Stück für Stück weitergeben, bis sie irgendwann an dem Punkt angekommen sind, an dem sie unseren Fortschritt eingeholt haben. Dann dürfte keine Gefahr mehr für sie entstehen, wenn wir uns ihnen zu erkennen geben. Das sehe ich als den einzig richtigen Weg an. Und damit wird dieses Projekt zu einer Sache, die über Generationen gut kontrolliert weitergehen muss. Es muss gewährleistet sein, dass alles Wissen über die Welt langsam und organisch in ihre Köpfe gelangt. Zu viel auf einmal würde ihre Gesellschaft zerstören. Zum Glück habe ich Kollegen aus mehreren geisteswissenschaftlichen Fächern hinzugezogen, die mir dabei geholfen haben einen Plan zu erstellen, in welchen Intervallen welche Informationen vermittelt werden könnten. Es ist nur eine Empfehlung, und wenn Sie wollen, können Sie gerne ihre eigenen Ideen mit einbringen. Gerade beläuft sich die Dauer bis zu unserem Wissensstand auf etwa dreitausend Jahre. Damit wäre aber noch nicht die Zeit miteinberechnet, die auf zukünftige Erkenntnisse hinzukommen würde. Vermutlich schaffen es unsere Nachfahren erst in etwa viertausend Jahren, miteinander in Kontakt zu treten."

„Und wie soll diese Wissensübermittlung denn sinnvoll vonstattengehen? Wenn wir uns doch nicht zeigen sollen." Wieder war es Assistent Zwei, der sichtlich Zweifel hegte.

„Das dürfte nicht allzu kompliziert werden: Wir suchen uns einzelne Individuen aus und machen sie zu, nun ja, Propheten. Wir schicken ihnen entweder Datenträger – sagen wir, am Anfang würden es auch simple Steintafeln tun – oder wir versuchen es mit Eingebungen, zum Beispiel, indem wir uns als Träume tarnen. Die menschliche Fantasie wird ihr Übriges tun und lediglich dazu beitragen, dass sie neue Mythen erfinden."

„Unglaublich ..." Assistent Zwei schüttelte den Kopf, als könne er nicht glauben, was ihm da erklärt wurde. Sichtlich beeindruckt von seinem Professor trat er noch einmal näher an das Aquarium heran und begutachtete dessen blaue Schöpfung, als wäre sie eine Offenbarung. Der Wassermann wusste natürlich nichts von der Tragweite seines eigenen Schicksals und dem seiner Nachfahren – schließlich konnte er im Wasser nicht viel von dem hören, was außerhalb des Aquariums besprochen wurde – und arbeitete weiter ungerührt an seinem Stein herum.

„Sie haben wirklich an alles gedacht, Herr Professor!" Auch Assistent Eins folgte nun dem Beispiel seines Kollegen.

Dem Blauen schien dieses aufdringliche Starren langsam unangenehm zu werden. Ganz nach Menschenmanier drehte er nun den Dreien seinen Rücken zu, damit sie nicht mehr sehen konnten, was er tat. Immer wieder jedoch warf er ihnen einen bösen Blick über die Schulter zu.

„Wo das wohl enden wird, ich meine, mit der menschlichen Fantasie?", überlegte Assistent Eins nach einer längeren Pause. „Haben wir ein Ziel, bei dem wir eines Tages mit ihr ankommen wollen? Ein Ende? Irgendetwas, das wir erreichen wollen, unsere Gesellschaft, unsere menschliche Spezies? Was glauben Sie, wohin sie unsere Meeresmenschen bringen wird?"

Da fing der Professor an zu schmunzeln, und es schien, als würde seine Brust ein wenig vor Stolz anschwellen. „Nun, ich denke, das liegt auf der Hand. Schauen Sie doch, was wir hier mit unserem Fischmann erschaffen haben – auch er ist ein Produkt unserer Fantasie. Der Fantasie, die Weltmeere zu erobern. Und ich denke, dass das das wahre Potenzial dieser allermenschlichsten unserer Fähigkeiten ist: Der Mensch kann seine Vorstellungskraft dazu benutzen, um sich die beste aller möglichen Welten zu erschaffen. Was gäbe es denn auch Edleres, als sich die ideale Umwelt zu schaffen?

Wenn Sie einmal in die Geschichte oder Philosophie schauen, dann ist alles voll von diesen Themen, nicht wahr? Karl Marx, Platon und wie sie alle heißen haben sich ja so einige Gedanken gemacht, wie die ideale Gesellschaft aussehen könnte. Aber wir müssen ja noch nicht einmal in die Philosophie gehen. Jeder Wissenschaftler, jeder Erfinder könnte sich zu dieser Gesellschaft zählen. Selbst die Tierwelt fängt ja schon damit an: Die Krähe mit ihrem Grabstöckchen neigt dazu;

sie schafft sich einen idealen Schnabel. Die Termite in ihrem Hügel baut sich einen durch und durch organisierten Staat. Unsere Vorfahren haben Gruben gegraben, in die das Wild fallen sollte und haben essbare Pflanzen in ihrer Nähe angebaut. Sie haben sich Stammeshäuptlinge erwählt und Grenzkontrollen eingeführt, Flugzeuge gebaut, Penizillin gezüchtet – ja selbst meine

Brille könnten Sie als Beispiel dafür nehmen, dass man versucht hat, die Welt zu perfektionieren."

„Oder Computerspiele, in denen man als übermächtiger Held in fantastischen Welten Abenteuer erleben kann", warf Assistent Eins ein. „Ein sehr direktes Beispiel."

„Da haben Sie natürlich auch Recht. Es gibt sogar solche, die meinen, wir selbst würden in einer Simulation leben – was für Träumer!"

„Ja, ich lese übrigens leidenschaftlich gerne Fantasy-Romane ...", versuchte Assistent Zwei sich anzubiedern, was jedoch niemanden wirklich zu Kenntnis zu nehmen schien.

„...nach unserer Logik gesehen das Allermenschlichste, was jemals erschaffen wurde ..." Der erste Assistent bekam einen verklärten Blick. „Stellen Sie sich mal vor, was für faszinierende Literatur unter dem Meer entstehen könnte!"

„Jaja, die Fantasie ...", begann nun auch der Professor zu sinnieren. „Wo wären wir denn ohne sie ...Vielleicht werden die Nachkommen unseres Herrn hier auch einmal in einer perfekten Unterwasser-Gesellschaft leben. Aber damit wären wir natürlich noch nicht am Ende.

Hat der Mensch nicht neben der Erschaffung der besten aller möglichen Welten auch die Möglichkeit, sozusagen als Königsdisziplin, den menschlichen Körper zu optimieren? Was Sie hier sehen ist ja nur der Anfang dessen, was unsere

Genetik-Forschung möglich gemacht hat. Sich einen eigenen Menschen zu schaffen. Und dann: ihn zu optimieren. Vielleicht war das schon der Wunsch unserer Spezies, seit die Venus von Willendorf vor ungefähr 30.000 Jahren als erstes menschenförmiges Kunstwerk das Licht der Welt erblickt hat. Eine wohlgenährte Frau, geschnitzt während der kargen Zeit der Steinzeitmenschen."
„Der beste aller möglichen Menschen?", überlegte Assistent Eins.
„Der beste aller möglichen Menschen für jede Welt.
Wie Sie bestimmt wissen, habe ich bereits mein nächstes Projekt am Laufen. Diesmal ein sehr großzügig finanziertes, öffentlichkeitswirksames. Mein neues Team und ich versuchen, die besten Genveränderungen zu ermitteln, die ein Mensch braucht, um auf dem Mars zu leben. Bitte, Sie haben sich bereits als großartige Mitarbeiter erwiesen – treten Sie doch auch diesem Projekt bei!"

Etwa sechs Monate waren seit dem Gespräch vergangen. Das weiße Forscherschiff kam rund hundert Kilometer von der Küste entfernt auf dem grenzenlosen Blau des Meeres zum Stehen. Es war soweit: Der blaue Mann sollte nun endlich ausgewildert werden.
Er hatte vieles gelernt, geübt und vorbereitet. Er hatte sich die Grundlagen der Unterwasserlandwirtschaft, der Politik und Gesellschaftstheorien angeeignet, die gängigste Meeresflora und -fauna studiert und mehrere Schwimmkurse mit der Zuhilfenahme eines Frosches absolviert. Er hatte auch seine neue, blaue Frau kennengelernt, die ihm bald nachfolgen würde, die erste einer Gruppe von Meeresmenschen, die nach seinem genetischen Vorbild geschaffen worden waren. Trotz

dessen, was ihm bevorstand, trotz all der Kameras, die auf ihn gerichtet waren, saß er erstaunlich ruhig auf dem Boden des gläsernen Wassertanks, in den man ihn nun beinahe wie in einem quadratischen Reagenzglas präsentierte.

Der Professor hatte sich neben ihn gestellt und hielt eine langwierige Rede voller wissenschaftlicher Fremdwörter, Pathos und einer ordentlichen Prise Selbstbeweihräucherung. Das Publikum, eine Reihe gestandener Wissenschaftler unterschiedlicher Couleur und ausgewählte Pressemitglieder, hörte mit offenen Mündern zu.

Auch der Blaue schien ihm im Schneidersitz mit verschränkten Armen zu lauschen. Natürlich konnte er den Professor nicht wirklich hören, und selbst wenn doch – er hätte die Sprache sowieso nicht verstanden. Doch schien er zu wissen, dass es um ihn ging, denn immer wieder warf er dem Publikum arrogante Blicke zu.

Die Spannung steigerte sich; es wurden endlose Dankesreden gehalten, und sogar ein Streicherquartett strapazierte die Geduld der Anwesenden. Doch schließlich war es soweit. Mit feierlicher Miene wurden vier Ketten von zwei Studenten in knalligen Overalls in die metallenen Halterungen an den oberen Ecken des Aquariums eingehängt und an einem Kran befestigt. Die Zuschauer klatschten tosend Beifall, als der Glaskasten vorsichtig hochgehoben wurde. Der blaue Mann hatte sich aufgerappelt und schwebte nun erwartungsvoll in alle Richtungen schauend im Wasser. Die Leute winkten ihm zu, und zaghaft winkte er mit der Rechten zurück. Die Linke hatte er fest um etwas Graues geklammert. Nur wer sich Mühe gab – und das taten in diesem Moment die wenigsten, denn sie alle waren viel zu abgelenkt von dem Ereignis, den Blauen endlich ins Meer zu hieven – konnte erkennen, was es war. Es war ein Stein. Ein Stein in Form einer groben menschlichen Gestalt. Sie hatte einen Kopf, einen Rumpf, Arme und Beine. Ob es ein Wassermensch oder ein Erdenmensch war, war nicht zu erkennen. Es war das erste Kunstwerk des blauen Mannes, das er sich mühevoll aus einem Stück Geröll geschliffen hatte, und dieses hatte er den ganzen Tag nicht losgelassen.

Langsam senkte sich das Aquarium, klatschte auf das Meerwasser und ging tiefer und tiefer. Schließlich war es ganz im Ozean untergetaucht, und mit einer eleganten Windung schwang sich der Blaue aus seinem gläsernen Gefängnis, durchbrach für einen letzten Gruß die Wasseroberfläche und verschwand in den Tiefen.

Was weder der blaue Mann noch der Professor noch seine Assistenten oder die Zuschauer wussten: In einigen tausend Jahren würde nicht weit von ihnen am Strand eine grüne Frau aus den Wellen steigen. Sie würde mit Lungen atmen und wie eine Pflanze das Licht der Sonne für sich nutzen können – ein perfektes Landwesen. Ihr würden weitere grüne Menschen folgen, und sie würden sich in das Landesinnere wagen, um die Erde neu zu besiedeln.

Der Schattenwanderer

Draußen, etwa anderthalb Kilometer von unserer Siedlung entfernt, ragt der Berg Isengard auf. Benannt ist er nach dem Turm des weißen Zauberers Saruman aus J. R. R. Tolkiens „Herr der Ringe", den ich selbstverständlich gelesen habe, wie es bei uns hier unausgesprochene Pflicht ist. Uns Menschen scheint dieses Buch sehr beeindruckt zu haben; eine ganze Welt mit Geschichte und Sprachen, Landschaften und Städten, Völkern und Traditionen beinhaltet es, ausgeklügelte Namen, die so wohlklingend sind, dass sie verwendet werden wollen, dass sie real werden wollen. Soweit ich weiß, gibt es nicht nur hier Orte, die nach dem Mittelerde-Kosmos benannt werden. Schon früh sollen sich die Menschen, als sie noch alle auf der Erde wohnten, an ihm bedient haben, wenn sie in das unendliche Weltall blickten: eine Galaxie namens „Saurons Auge", ein Asteroid, der nach dem Hobbit Bilbo benannt wurde, und schließlich der „Tolkien"-Krater auf dem Merkur. Natürlich hat man auch die Namen anderer Geschichten und Welten verwendet, aber für uns zählt nun einmal Mittelerde. Nicht selten träume ich davon, dass die Gebeine des Großen Tolkien eines Tages zu uns überführt werden oder dass die Erde uns wenigstens einen seiner Gegenstände – dass sie irgendetwas noch von ihm besitzen, da bin ich mir sicher – überlassen. Einfach, dass wir uns ihm näher fühlen können. Die Reliquie würde seinen Platz in der Halle unserer Gründungsmütter und -väter bekommen. So weit sind wir nämlich schon: Wir können ganze Bereiche in unserer Siedlung unterhalten, die nicht mehr nur für das Überleben notwendig sind. Fast dreißig Jahre hat uns das an harter Arbeit gekostet.

Dass unser Planet nie bewohnt war, weiß ich natürlich. Seit jeher war er ein karger Felsen im Nichts, doch mit dem Blick auf den Isengard kommt in mir - aber auch den anderen Siedlern, wie ich erfahren habe - gerne einmal die Vorstellung auf, dass auf diesem Grund, vielleicht vor so langer Zeit, dass alle Spuren vergangen sind, der Himmel blau und voller Wolken war, Flüsse die Landschaften durchzogen und Wälder und Wiesen die Berge begrünten. Ich stelle mir vor, wie Elben, Zwerge und Menschen auf diesem Boden wandelten, Äcker anlegten, Städte bauten und Minen in die Felsen hauten, dass Orcs kämpften und Ringe geschmiedet wurden. Dann kommt mir unsere eigene Siedlung mehr denn je wie ein winziger Fremdkörper auf dieser Ebene vor und wir Menschen wie Eindringlinge, wirkliche Aliens. Und dann regt sich in mir der Wunsch, vielleicht doch eines Tages ein Überrestchen, und sei es auch noch so klein, von einer alten Zivilisation zu finden, am besten die einer menschlichen. Die Idee, dass schon einmal dieser Planet Lebewesen beherbergt hat, würde mir sehr guttun. Er würde mir freundlicher vorkommen und mich in eine lange Reihe faszinierender Bewohner stellen – nicht so wie jetzt, da wir kaum eine Handvoll verlorener Kolonisten im Vergleich zur angeblich paradiesischen Erde sind, wo unsere Spezies eigentlich wohnt und waltet.

Anders als der Mann, der unseren Planeten entdeckte und für besiedelbar erklärte, ist nicht mehr bekannt, wer dem Isengard seinen Namen gab. Den ersten Kolonisten musste der Berg sehr imponiert haben, und anstatt sich einen völlig neuen aus-zudenken, kamen sie wohl überein, ihm den phantastischsten Namen zu geben, der ihnen im Angesicht seiner ungewöhnlichen Form einfiel. Es mag Zufall oder auch eine gezielte Suche gewesen sein, dass man auf Tolkiens Werk zurückgriff, doch alle sind froh darüber. Unser an Geschichte so leerer Ort bekam dadurch Charakter und Seele, einen Bezug zu uns Menschen. Tatsächlich passt der Name Isengard zu unserem Berg. Er ragt etwa achthundert Meter hoch und so dünn in die Luft, als sei er tatsächlich ein missratener Turm, und löst beim Betrachter gerne einmal das Gefühl aus, er sei weniger durch physikalische Gesetze als durch Zauberhand geschaffen worden. Er ist noch nicht terrageformt – und dazu wird es wohl auch in den nächsten hundert Jahren nicht kommen. Dafür kann man die unberührte Schönheit seiner bizarren Felskonstruktionen erkennen: zerklüftetes Gestein, das geradezu bienenwabenartig von zahllosen Höhlen durchzogen ist, eine geologische Eigenart, die auch die Hügellandschaft, die ihn umgibt, vorweist.

In den Anfangstagen der Kolonie gab es einige Expeditionen zum Berg, die ihn kurz untersuchten und dann wieder sich selbst überließen, da es angeblich keinerlei interessante Erkenntnisse gegeben habe. Man plante ihn nicht in die Expansionsvorhaben der Siedlung mit ein, obwohl das Höhlensystem sicher gut dazu geeignet wäre, einen neuen, funktionierenden und komfortablen Lebensraum einzubauen. Der Fokus liegt eben eher in der entgegengesetzten Richtung.

Unsere Siedlung zieht sich durch einen großen Hügel. Er liegt zwischen mehreren anderen, deren nahe Höhlensysteme recht gut miteinander vernetzt und wunderbar für einen weiteren Ausbau geeignet sind. Wir konnten schon einen guten Kilometer Strecke mit mehreren größeren Hohlräumen abdichten und zuverlässige Luft- und Wasserzirkulationen einrichten. Gerade sind wir dabei, einen weiteren Trakt in bewohnbare

Räume umzugestalten. Und da auch die Planetenoberfläche gut begehbar ist, können wir in regelmäßigen Abständen neue Glaskuppelgärten anlegen, die uns mit Nahrung, Sauerstoff und Aufenthaltsbereichen versorgen. Das Licht unserer Sol - auch beim Benennen von Sternen scheinen Menschen doch immer wieder gewissen Gewohnheiten treu zu bleiben - bietet optimale Bedingungen zur Photosynthese. Die kohlenstoffdioxidreiche, aber ansonsten unschädliche Atmosphäre eignet sich gut, um sie mit einiger Geduld in eine sauerstoffhaltige Luft umzuformen, die der der Erde ähnelt.

Unsere Bevölkerung wächst ständig, und so muss auch fleißig an neuem Lebensraum gearbeitet werden. Jeden Morgen stehen die Leute auf, frühstücken das mühsam gezogene Getreide in Form von Brot und Getreidemilch, ziehen sich ihre türkisenen Schutzanzüge an und verwandeln die Station für kurze Zeit in ein geschäftiges Gewimmel. Sie suchen sich ihre Tagesziele und Arbeitsgeräte und ziehen dann in Richtung Ausgänge, ähnlich wie Ameisen. Geschlossen als türkisene Mannschaft treten sie aus den Luftschleusen und Sicherheitstüren in das Außen mit dem roten Himmel und der orange leuchtenden, im Grunde aber grauen Felslandschaft. Dann wird organisiert, und es bilden sich neue Gruppen, die jede auf ihre Weise akribisch die nächste Höhle für die Siedlung vorbereiten.

Jedenfalls wäre die Besiedlung des Isengard ein eher umständlicher Weg. Zwischen ihm und uns liegt ein weiteres, niedriges, viel zu instabiles Hügelchen, und dahinter beginnt eine steinige Wüstenebene, die es mit unseren jetzigen Mitteln nicht zu erschließen lohnt. Zumindest steht angeblich der Plan, dort die ersten Experimente mit einigen der Atmosphäre angepassten Pflanzenmodifikationen durchzuführen, allerdings seien auch da noch einige Jahre Forschungszeit nötig. Und so bleibt der Isengard alleine und wacht über unsere Siedlungsstation wie ein ferner Riese, geheimnisvoll, vielleicht auch etwas bedrohlich, aber auf jeden Fall vertraut. Und irgendwie zählt er trotz allem als Teil unserer alltäglichen Welt.

Doch Tolkiens Isengard ist nicht das Einzige, was unseren Planeten so wundersam macht. Wer den Schattenwanderer zum ersten Mal sah, ist nicht mehr wirklich bekannt. Das muss bereits vor über fünfzehn Jahren gewesen sein. Als der erste, ein Sandsammler, von seiner Begegnung mit ihm erzählte, behaupteten auch mehrere seiner Kollegen und später einige Betonmischer, ihn bereits gesehen zu haben. Bis dahin war man sich der Existenz eines solchen Wesens nie bewusst gewesen. Sicher, es hatte immer wieder seltsame Vorfälle in unserer Siedlung gegeben. Ein kaputtes Wasserrohr etwa, das wie durch ein Wunder wieder lief, ohne dass jemand etwas getan hätte. Oder Türen, die plötzlich verschlossen waren, obwohl sie niemand berührt haben wollte. Elektronische Gegenstände, die einfach nicht tun wollten, was man ihnen aufgetragen hatte. Kleinere, unwichtige Sachen, die die Leute verärgerten. Als sei irgendjemand am Werk gewesen, der sie gerne an der Nase herumführte.

Viele fühlten sich wider besseres Wissen bestätigt, als das Gerücht vom Schattenwanderer bekannt wurde. Nicht dass jemand ernsthaft seine Existenz angenommen hätte, tatsächlich wurde viel über ihn gescherzt, doch die Geschichten häuften sich trotzdem: Ein Bauarbeiter erzählte, er habe einmal eine Schaufel an einem bestimmten, auffälligen Felsen abgelegt, und als er am nächsten Tag wiederkam, sei sie verschwunden gewesen. Erst Wochen später sei sie hunderte Meter entfernt an einer ganz anderen Sandstelle wieder aufgetaucht. Niemand habe sie genommen, niemand habe gesehen, wie sie genommen wurde. Ein anderer Mann hatte seinen 3D-Drucker an der Baustelle völlig zerstört wiedergefunden, nachdem er abends nach einem kurzen Routinerundgang vor dem Feierabend wieder vorbeigekommen war. Das sei sicher der Schattenwanderer gewesen, behaupteten sie, mal mit zwinkerndem Auge, mal mit ernster Miene.

Immer häufiger wurden Zeugen bekannt, die ihn gesehen haben wollten. Normalerweise erschien er nachts und meistens in der Ebene vor dem Isengard. Freundlich war er nicht. Er war verantwortlich für verschwundene Gegenstände oder nicht funktionierende Geräte. Es schien, als sei er es, der insgeheim die Macht im Außen besaß. Ereignisse, die vorher ungeklärt gewesen waren, wurden nun dem Schattenwanderer zugeschrieben. Und wenn etwas schief ging, hielt man Ausschau nach ihm. Geräte wurden sorgfältiger verstaut, nächtliche Aufgaben mit erhöhter Achtsamkeit ausgeführt. Wann immer jemand alleine nach draußen musste, telefonierte derjenige in regelmäßigen Abständen mit wachsamen Kollegen.

Nicht dass sie wirklich an ihn geglaubt hätten. Ständig wurden Scherze gerissen, mal über die Unfähigkeit der Menschen, mal über die absurden Machenschaften des Schattenwanderers. Wenn jemandem etwa der Löffel herunterfiel, wurde das gerne mit „da muss der Schattenwanderer schuld gewesen sein" kommentiert. Und doch ließen alle Vorsicht walten, als spuke er nicht nur in den Köpfen herum.

Er wohnte dort drüben in den Höhlen im Isengard, darin waren sich alle sicher. Wo auch sonst? Von dort aus beobachtete er uns und plante seinen nächsten Besuch. Und manchmal führte er seltsame Rituale aus, wie es nur ein Zauberer Saruman tun würde, und der Himmel über dem Berg bekam einen besonders rötlichen Schein. Irgendwann hatte es sich bei uns in der Siedlung eingebürgert, abends alle Fensterblenden, die in seine Richtung gingen, zu verschließen. Niemand wollte sich dem Blick des Schattenwanderers ausgesetzt wissen. Uns Kindern wurde gesagt, wir sollen aufpassen, wenn wir nach draußen aus der Siedlung gingen. Schutzanzüge an, gut dichtmachen und nicht zu weit hinaus. Und schon gar nicht nachts. Wer weiß, was der Schattenwanderer uns tun würde! Deshalb sei es wichtig, dass wir nie ohne erwachsene Begleitung hinausgingen. Eine Regel, die wir nur allzu gern befolgten.

Meine erste Begegnung mit dem Schattenwanderer war an einem Abend während eines Picknicks in einem der Kuppelgärten, wie sie meine Familie immer wieder veranstaltete. Wir saßen im Schein unserer Laternen beieinander und unterhielten uns, als ich ihn sah. Es war nur kurz; ich schaute aus dem Glas in Richtung des Isengard – ich weiß bis heute nicht, warum – da sah ich einen schwarzen Schatten über die Einöde huschen. Ich schrie auf und zeigte ganz aufgeregt auf ihn, doch niemand wollte ihn gesehen haben.

Meine zweite Begegnung mit ihm ist und bleibt jedoch das gruseligste, was ich je erlebt habe.

Ich hatte Wochen über Wochen in den Ohren meines Vaters gelegen, nachdem ich erfahren hatte, dass er mit einem Forschungsteam zum Isengard fahren würde, um dort erneut die Terraformierbarkeit des Geländes zu untersuchen und die alten Wissensstände aufzufrischen. Ich hatte ihm versichert, mein Lebensziel sei es, auch Geologe zu werden, ich müsse einen Aufsatz für die Schule schreiben, ich sei mit meinen fast dreizehn Erdenjahren schon alt genug, um dem Team helfen zu können, und überhaupt, wenn er mich mitnehmen würde, sei er der beste Paps der ganzen Kolonie. Nach langem Hin und Her hatte er schließlich seine Kollegen gefragt, und diese hatten mir erlaubt, mitzukommen.

„Aber nur, wenn du dich benimmst und die Arbeit nicht störst!"

Ich schwor es und konnte den Augenblick nicht erwarten, da es losgehen würde.

„Lass dich bloß nicht vom Schattenwanderer holen", sagte meine Mutter, als sie mir am Tag der Expedition den Helm in den Schutzanzug eindrehte, und auch das schwor ich.

Wir bepackten unsere drei Rover, überprüften noch einmal unsere Sauerstoffvorräte, und dann ging es auch schon los.

„Den Helm kannst du gleich runternehmen", lachte Paps, als wir uns in den Wagen setzten. „Warte, ich lasse den Sauerstoff in die Kabine."

Ich hätte es nie zugegeben, doch ich war insgeheim froh, das schwere Ding, das auf meine Schultern drückte, loswerden zu können. Ich war schließlich schon fast ein Teenager, und diese Tour sollte beweisen, dass ich mich von nichts einschüchtern lassen würde.

Paps lachte, als er meine erleichterte Miene sah. „Gib's zu, dir macht der Helm auch zu schaffen! Bist du dir wirklich sicher, dass du die zwei Stunden auf dem Isengard mitmachen willst?"

Ich nickte so überzeugend, wie ich nur konnte. „Fahr los!"

Paps warf die Maschine an, und langsam rollten wir aus der Garage ins Freie.

Ich war schon öfters draußen vor der Siedlung gewesen, doch die orangene Wüste, die sich vor uns auftat, ließ mein Herz höherschlagen. Bald verschwommen die bläulichen Fenster und Glaskuppeln hinter uns, verschwanden im Staub, den wir um uns herum aufwirbelten, und dann tauchte die Atmosphäre auch das letzte Bisschen Farbe an den türkis-weißen Rovern vor uns in ein unerbittliches Orange.

„Du kannst deinen Mund zumachen", unterbrach Paps die Stille.

Erst jetzt bemerkte ich, dass ich ihn die ganze Zeit offen gehabt hatte. Ich schluckte das trockene Gefühl auf meiner Zunge hinunter.

„Ganz schön einschüchternd, diese Leere, nicht wahr? Mir ist es genauso wie dir ergangen, als ich vor ein paar Jahren die Siedlung zum ersten Mal verlassen habe. Da habe ich erst bemerkt, wie übersichtlich und beengt wir es normalerweise gewohnt sind. Stell dir mal vor: Eines Tages gehört uns das alles, und wir können frei da draußen umhergehen ...“

Endlose, grüne Wiesen, ein blauer Himmel – diese Bilder kannte ich von der Erde. Ob wir das hier jemals schaffen könnten? Wie wohl der Isengard aussehen würde, grün und bewachsen? Wäre er dann einladender?

Düster und spitz wuchs er vor uns, immer höher, je näher wir ihm kamen. Ich erkannte die ersten schwarzen Flecken – Höhlen. Mir war nicht klar gewesen, dass er so viele hatte. Innen musste er geradezu wie ein Schwamm sein. Mir fielen weitere Felsstrukturen auf, die von der Siedlung nie zu sehen gewesen waren: scharfe Kanten, zerklüftete Säulen. Zahllose Sandstürme und Regenfälle, heiße Tage und kalte Nächte hatten das Gestein brüchig gemacht, zerrieben und gespalten. Allmählich wurde mir klar, warum der Berg so spitz war: An den Seiten mussten große Teile des Berges abgebrochen sein. Unser Weg wurde zunehmend unebener, und große Felsbrocken säumten unsere Strecke. Schließlich nahm die Bergwand unser ganzes Sichtfeld ein. Was hatte Paps gesagt?

Der Isengard sei über achthundert Meter hoch? Angeblich sei er noch viel höher und breiter gewesen, doch seine Seiten waren abgeplatzt und verwittert, zu Sand geworden, und der Wind hatte einen Großteil weggetragen. Daher die weitgehend flache Ebene um ihn herum. Einen knappen Kilometer weiter begann das Gebirge, zu dem er einmal gehört hatte.

Obwohl der Boden immer unwegsamer wurde, kämpften sich unsere Rover tapfer bis zum Bergfuß vor. Dicker Schutt hatte sich vor uns angesammelt, und steil ragte unser Ziel vor uns auf. Das war also der Isengard aus nächster Nähe.

„Vergiss deinen Helm nicht", brummte Paps, während er nach seinem eigenen hinter sich griff.

Hastig setzte ich ihn auf und wollte nach draußen springen, doch Paps hielt mich fest, kontrollierte, ob alles luftdicht verschlossen war und ließ mich warten, bis der Sauerstoff aus der Kabine in die Speicher zurückgezogen worden war.

Endlich konnte ich aussteigen. Brauner Staub wirbelte um meine Schuhe auf, als ich heraussprang. Erst jetzt wurde mir klar, dass die Helme nicht nur für die Sauerstoffversorgung so wichtig waren. Gab es nicht immer wieder einmal Sandstürme?

„Wenn du schon hier bist, dann kannst du uns doch helfen, diese Stangen zu tragen." Eine Kollegin von Paps kam auf mich zu, in beiden Händen weiße Plastikkoffer und Metallstäbe unter dem Arm, vermutlich Antennen für irgendwelches Gerät. Ich nahm sie ihr ab.

„Hierher", rief ein anderer Wissenschaftler von hinter dem nächsten Felsen zu meiner Linken.

Krachend wurde eine ausziehbare Leiter angelehnt. Ein paar Schritte in die Richtung, und mir fiel der Eingang zu einer Höhle direkt über dem Felsen auf, ein Spalt, der gerade groß genug für einen erwachsenen Menschen war. Staunend trat ich näher, versuchte etwas im Inneren zu erkennen, doch ich sah nur Schwärze. Die vollbepackte Frau begann, auf den metallenen Stufen ihre Koffer hoch zu balancieren. Plötzlich schaute oben ein türkisener Kopf heraus und nahm ihr die Last ab. Offenbar wurden bereits drinnen die Forschungsgeräte aufgebaut. Vater unterhielt sich gerade hinter mir mit dem Geologen über Gesteinsschichten, die zu sehen seien, das hieß, dass in der Höhle schon die beiden Männer aus Wagen B sein mussten.

Die Frau nahm mir die Antennen ab und reichte mir dann die Hand. Das war also der Moment. Ich ließ mich zur Höhle ziehen. Und betrat die Schwärze des Isengards.

Etwas Blaues blinkte, und dann sah ich die Taschenlampen hin- und herleuchten. Ich blinzelte. Nur langsam gewöhnten sich meine Augen. Ich stand in einer Halle, sicher vier Meter hoch und voller Geröll. Das weiße Licht der Lampen zeigte, dass das Gestein grau war und nicht leicht orange, wie die Atmosphäre draußen vermuten ließ. Etwa zehn Meter von mir entfernt bauten die drei Wissenschaftler gerade einen Tisch mit allerlei Gerät auf, das ich nicht hätte benennen können. Ein Flutlicht ging plötzlich an, und ich musste unwillkürlich meine Hände vors Gesicht halten.

Die Halle war weit größer als ich angenommen hatte, sicher fünfzehn Meter lang und oval. Ich erkannte schwarze Löcher an den Wänden, manche größer, manche kleiner – zwei Gänge führten hinter dem Tisch tiefer in den Berg hinein.

Jemand tippte mir auf die Schulter. Paps. Er hielt mir eine Taschenlampe hin. „Die wirst du brauchen."

Paps und seine Kollegen begannen, ihre Laptops hochzufahren, sie mit den Geräten zu verbinden und über Graphen und Zahlen zu diskutieren. Da ich zunehmend das Gefühl hatte,

nur im Weg herumzustehen, begann ich, in der Halle umher-
zustreifen und mit dem Lichtstrahl meiner Taschenlampe die
Höhlendecke zu untersuchen. Grober, grauer, furchiger Stein.
Irgendwie langweilig auf Dauer.

„Hey, komm mal her!", rief mich Paps nach einer Weile zu
sich in die Gruppe der Erwachsenen. „Willst du sehen, wie es
im rechten Gang aussieht?"

„Natürlich", schrie ich aufgeregt und stürzte sofort zu ihm.

„Schau mal hier!" Er zeigte auf den Bildschirm des großen
Laptops auf dem Tisch. „Gleich geht die Sonde los."

„Sonde?" Enttäuschung breitete sich in mir aus.

„Ja, Sonde. Siehst du? Die Kamera filmt alles für uns. Und sie
hat eine Ultraschallfunktion und noch einen Lidar-Scanner,
eine Art Radar mit Laser, was uns hoffentlich einige Daten
über das Höhlensystem geben wird. Nun schau nicht so! Leider
können wir heute nicht selbst in die Höhlen gehen. Sicherheitshalber scannen wir die Umgebung immer vorher ein,
und heute haben wir leider keine Zeit für die anschließende
Begehung. Der Wetterbericht sagt uns, dass sich gerade ein
Sandsturm in der Nähe zusammenbraut. Nichts Schlimmes,
aber wir würden ihn gerne vermeiden."

„Im ...im Ernst?" Ich schluckte. Und für diese kurze Tour
hatte ich so lange darum betteln müssen?

„Keine Sorge, so ein spontaner Sandsturm ist hauptsächlich
unangenehm, aber wir werden auf jeden Fall wieder heil zu
Hause ankommen", warf einer der Wissenschaftler ein.

Ich nickte höflich und bemühte mich um eine besorgte Miene,
aber insgeheim hätte ich vor Enttäuschung meine Lampe
gegen die Wand werfen können.

Paps lächelte mir freundlich zu. „Wir beide können naher
noch kurz in die linke Höhle schauen, die ist ja bereits er-
forscht. Ich bin auf jeden Fall neugierig. Was meinst du?"
„Auf jeden Fall!"
„Großartig!"
Erfreut schlug ich in Paps' erhobene Hand ein.
Die Drohne hob ab und flog langsam in den Tunnel hinein.
Felswände, Felswände, Felswände. Und ganz viel Schwarz. Die
bunten Zahlen, die überall auf dem Bildschirm zu leuchten
anfingen, machten die Aufnahmen auch nicht spannender.
Ich fing an mit den Füßen zu wippen, dann mit der Kordel
meiner Taschenlampe zu spielen.
Irgendwann seufzte Paps und zog mich zur Seite. „Du hast
mir versprochen, dich zusammenzureißen, also hör auf, so
herum zu wackeln! Hast du mich verstanden?", zischte er.
„Tut mir leid, dass es gerade nicht so interessant für dich ist,
aber so sieht Forschung nun einmal aus."
„Aber Paps, ich ..." Ja, was eigentlich?
Die Kollegin stellte sich auf einmal zu uns. „Was ist mit dem
linken Korridor? Der Kleine könnte sich doch dort schon
ein bisschen umsehen, oder nicht? Dort ist es doch bestimmt
besser für ihn, als hier bei uns herumlungern zu müssen."
„Entschuldige, ich wollte nicht, dass er euch bei der Arbeit
stört", setzte Paps an, doch die Wissenschaftlerin unterbrach
ihn: „Ach was, es ist doch toll, wenn sich dein Sohn für die
Forschung interessiert. Was meinst du -", sie drehte sich zu
mir, „würdest du gerne die Höhle erkunden gehen?"
„Ja!" Ich wäre ihr am liebsten um den Hals gefallen.
„Ist das nicht ein bisschen gefährlich?", rief einer der Wissenschaftler zu uns herüber.

„Ach was, die Untersuchungen sind zwar schon einige Jahre alt, aber sie haben eine völlig stabile Umgebung ergeben. Der Gang ist etwa hundert Meter lang, und es gibt keine Abzweigungen. Der Junge kommt nicht weit, kann sich also nicht verlaufen." Paps zögerte kurz, dann seufzte er. „Na gut. Aber versprich mir, dass du nichts Dummes tust. Du bleibst auf dem Gang, fasst nichts an, wirfst nicht mit Steinen, sondern bist ganz brav und vorsichtig. Hast du mich verstanden?"

„Ja, Paps." Innerlich führte ich bereits Luftsprünge durch.

„Versprich mir, dass du aufpasst!"

„Ja."

„Versprich es mir!"

„Ich verspreche, dass ich aufpassen werde!"

„Gut. Deinen Kommunikator hast du ja am Arm, falls etwas ist. Ich hoffe, ich bereue das nicht."

Ich überprüfte noch einmal das armbandähnliche Gerät, drückte Paps und sprang los.

„Schau dich gut um, ich will später eine Führung von dir. Und lass dich nicht vom Schattenwanderer erwischen!", rief er mir hinterher.

Der Schattenwanderer. Das war wohl ein Witz gewesen, doch beinahe hätte ich wieder Kehrt gemacht. Der dunkle Gang vor mir wirkte plötzlich bedrohlicher auf mich als sowieso schon. Das hier war aber die unveränderte Planetenoberfläche, hier gab es kein Leben. Und die Forscher hatten doch bereits bewiesen, dass alles absolut sicher war, redete ich mir ein. Außerdem war ich kein kleines Kind mehr, das sich von einer Spukgeschichte abschrecken ließ. Oder etwa doch? Ich nahm all meinen Mut zusammen und stapfte los in das Dunkel vor mir.

Fels, Fels, Fels. Meine Taschenlampe war stark, doch mehr
als einige Meter ging der Strahl nicht, und der Rest blieb
im Verborgenen. Bald machte der Tunnel eine Biegung nach
rechts, und das beruhigende Flutlicht der Forscher hinter
mir verschwand nun endgültig. Ich war allein. Und es war
totenstill. Keine Gespräche, nichts. Als hätte die Schwärze nun
auch die Geräusche geschluckt. Wassertropfen? Hier war es
wohl kalt und feucht genug, dass sich vielleicht etwas Wasser
ansammeln konnte, und so begann ich die Wände abzusuchen.
Es tat gut, hier eine Aufgabe zu haben, sich auf den kleinen
Teil innerhalb des Lichtkegels zu konzentrieren, nicht in die
Schatten zu schauen. Auch wenn alles trocken war.
Moment – hatte sich da gerade etwas bewegt? Nein, das war
nur meine eigene unruhige Hand, die die Lampe hielt, gewesen. Mir fiel der Schattenwanderer wieder ein. Der Zauberer
Saruman. Ob er sich hier wohl fühlen würde?
Der Boden wurde immer unebener, und dann stand ich vor
einem gewaltigen Geröllhaufen. Zu meiner Linken konnte ich
einen großen Felsen erkennen, der offenbar von der Decke
heruntergebrochen war und nun halb im Schutt vergraben
lag. Ein dunkles Loch zeigte an, woher das Gestein gefallen
sein musste. Hatte die Forscherin nicht gemeint, hier wäre es
sicher? Ich schluckte den Kloß hinunter, der sich in meiner
Kehle ansammelte. Nein, ich hatte keine Angst. Ich war groß
und mutig. Vorsichtig begann ich den Haufen zu besteigen.
Dahinter musste es weitergehen. Schließlich hatte ich unmöglich die hundert Meter erreicht, die der Gang angeblich maß.
Was hieß, dass der Felsen erst in den letzten Jahren herunterge-
fallen sein musste. Dieser Gedanke traf mich wie ein Schlag,
als ich auf der anderen Seite fast wieder auf dem Höhlengrund
angekommen war. Sollte ich doch besser zurück? Aber wollte

ich mich wirklich die nächste Zeit neben den Erwachsenen langweilen? Ich war schließlich mitten im Isengard, die anderen Kinder würden mich sicher bewundern, wenn ich ihnen erzählte, dass ich die Höhle hier alleine erforscht hatte. Es würde schon nichts passieren. Wenn ich auch nur einen Stein rollen hörte, würde ich mich wieder auf den Rückweg machen. Ich ging weiter. Der Boden wurde wieder ebener, und das Geröll verlief sich langsam. Langsam spürte ich, wie in mir die Selbstsicherheit wuchs. Eigentlich war die Erkundungstour gar nicht so gruselig, sie war aufregend. Die Felsen waren grau und harmlos, und der Weg zurück würde mich geradewegs wieder zu Paps und den Wissenschaftlern führen.

Plötzlich stand ich vor einer Gabelung. Hatte es nicht geheißen, dass die Höhle einfach aufhören würde? Weiteres Geröll ließ vermuten, dass auch hier der Fels gebrochen war.

Vielleicht war der Magier, der Schattenwanderer vorbeigekommen und hatte die Höhle zu einem Labyrinth verzaubert. Die Vorstellung war absurd, aber trotzdem bekam ich es mit der Angst zu tun. Was, wenn ich wirklich nicht mehr herausfand? Wenn ich doch, ohne es zu bemerken, irgendwo in einen Nebengang abgebogen war? Ich wollte zurück, doch gleichzeitig wusste ich natürlich, dass Magie nur in Geschichten existierte. Ich war viel zu alt, als dass ich noch daran glaubte. Ich beschloss, noch einen kurzen Blick in die beiden Eingänge zu riskieren und dann zurückzukehren. Ich hatte wohl jetzt schon genug zu erzählen.

Ich fasste mir die linke Höhle ins Auge und schritt darauf zu. Doch der Lichtstrahl meiner Lampe versank in Schwärze. Ich blieb stehen. Vor mir tat sich ein riesiges Loch auf, weit größer als der Saal vorne. Auch der rechte Eingang mündete in das Nichts. Und der Boden brach ein paar Meter vor mir einfach ab. Vorsichtig trat ich näher. Unter mir, sicher sechs, sieben Meter weit entfernt traf der Strahl auf Grund. Irgendwo rollte ein Stein. Das erste Geräusch, das ich nicht selbst hervorgebracht hatte. Was konnte denn hier einen Stein in Bewegung bringen? Ich schluckte. Es war Zeit, zu den Erwachsenen zurückzugehen. Höchste Zeit.

Ich machte kehrt – und irgendetwas huschte durch den Lichtstrahl der Taschenlampe. Der Schattenwanderer! Erschrocken sprang ich einen Schritt zurück, stolperte und fiel. Mein Körper traf auf den Boden auf, aber mein Kopf nicht mehr. Hätte ich Pech gehabt, wäre ich wohl ganz in den Abgrund gestürzt. Ich schrie auf. Klackernd rollte die Taschenlampe davon und ließ die Schatten umherhuschen. Dann verschwand das Licht im Boden. Im Nu war ich auf den Beinen. Meine Augen, die noch an die Helligkeit gewöhnt waren, malten mir wilde Bewegungen auf die Netzhaut. Mich beschlich das grausige Gefühl, nicht allein zu sein. Ich blinzelte. Wie ich mir wünschte, bei den anderen geblieben zu sein! Ein schwacher Schein drang zu mir aus der Dunkelheit, die Lampe musste sich verhakt haben. Vorsichtig, um nicht in die Tiefe zu fallen, tastete ich mich vor. Ein schmaler Felsspalt hatte die Lampe aufgehalten. Ich griff danach, doch meine Hand reichte nicht an sie heran. Mein Kommunikator war im Weg. Ein Poltern ertönte. Ich schreckte auf. War das da drüben eine Gestalt? Panisch löste ich das Gerät vom Handgelenk, ohne daran zu denken, dass ich doch einfach meinen anderen Arm hätte nehmen können. Wurde ich etwa gerade angestarrt? Ich schnappte mir die Taschenlampe und rutschte vor Aufregung schon wieder auf den Steinen am Boden aus. Ich hörte etwas mehrere Male aufschlagen, etwas Hohles, etwas aus Plastik. Ich hatte den Kommunikator in die Spalte getreten. Ich leuchtete, doch der

Strahl verlor sich in Schwärze. Nichts wie raus hier, bevor mir noch etwas passieren könnte und ich um Hilfe rufen musste! Die Schatten schienen mich ob meines neuen Ausgeliefertseins zu verhöhnen. Ich nahm die Beine in die Hand, machte mich auf den Rückweg, rannte geradezu den Gang entlang, das schwarze Nichts im Rücken, das mir nachzustarren schien.

Beinahe hätte ich aufgeschrien, als ich plötzlich meinen Namen hörte.

„Paps? Bist du das?"

Vor mir ragte der Geröllberg von vorher auf, hinter dem nun eine zweite Taschenlampe zu tanzen begann.

„Ja. Ich habe doch gesagt, dass ich die Höhle auch sehen will. Aber wir sollten langsam hier weg. Ein paar Kilometer westlich von uns braut sich der Sandsturm zusammen. Er ist größer als erwartet und könnte doch ein wenig gefährlich werden. Die anderen haben die Untersuchungen abgebrochen und schon eingepackt. Wir haben genug Daten fürs Erste, die wir in Ruhe auswerten können, bevor wir in ein paar Wochen wiederkommen. Wir planen eine Expedition mit mehr Leuten, die auf mehrere Tage ausgelegt ist. Das wird spannend."

„Paps, ich habe eine riesige Halle entdeckt!"

„Eine Halle? Wirklich?"

Ich hörte Steine aufeinander reiben, dann kam Paps' Kopf auf dem Hügel zum Vorschein.

„Ja, dort hinten, wo der Gang aufhört. Sie ist gigantisch!"

Paps sprang auf meine Seite und rutschte ungelenk zu mir herunter. „Hier muss die Decke eingestürzt sein. Das ist nicht gut." Er klopfte sich den Sand von dem Schutzanzug.

„Eine Halle in diesem Gang – das heißt, sie ist noch unentdeckt. Bitte sag mir, dass du sie nicht betreten hast! Das ist viel zu gefährlich!“

„Ich habe sie nicht betreten. Ehrenwort. Das konnte ich auch gar nicht. Sie ist viel zu tief gelegen.“

Paps' besorgter Gesichtsausdruck hellte sich auf. „Ich glaube dir mal. Hm ...ein kurzer Blick kann nicht schaden, was meinst du? Ob wir fünf Minuten früher oder später gehen, ist ja eigentlich egal.“

Ich konnte mir ein breites Grinsen nicht verkneifen. Das war ja gerade noch einmal gut gegangen. Die Sache mit dem Kommunikator beschloss ich nicht zu erwähnen.

Paps grinste zurück und gab dann seinen Kollegen Bescheid, dass sie schon mal vorfahren sollten, wir würden uns noch ein bisschen umsehen, wir hätten eine Halle entdeckt.

„Eine knappe halbe Stunde haben wir noch, dann müssen wir wirklich los, da es sonst gefährlich wird. Ein bisschen Zeit haben wir also noch.“ Er grinste. „Das könnte wirklich spannend werden, wenn die Halle stabil genug für eine Siedlung wäre. Wir könnten sie nach dir benennen“, überlegte Paps laut, während wir die Höhle entlangschritten.

Stolz füllte meine Brust. Es war doch eine gute Idee gewesen, die Höhle zu erkunden. Zu zweit war es hier in der Dunkelheit wesentlich angenehmer, und ich spürte, wie ich Lust bekam, noch weiter zu gehen, vielleicht sogar die Halle zu erforschen. Mein Hochgefühl wurde jäh wieder zerstört, als Paps am Eingang zur Halle ankam und in die Finsternis leuchtete.

„Wow! Das muss ja ein unglaublicher Hohlraum sein! Da bräuchten wir eine Menge Flutlichter und Drohnen, um den zu erforschen. Lass uns gehen, wer weiß, was da drin alles passieren könnte! Ein Glück, dass du nicht versucht hast, da runterzusteigen, Junge!"

„Weil ich sonst nicht mehr hätte zurückklettern können?"

„Nein, weil dich sonst der Schattenwanderer geholt hätte", lachte Paps. Er boxte mich freundlich an die Schulter. Ich boxte zurück, und wir verließen die Eingänge.

Als wir beim Geröllberg angekommen waren, gab Paps kurz noch einmal gut gelaunt durch, dass es uns gut gehe und die Höhle eine neue Expedition wert sei. „Ich gehe zuerst", beschloss er dann. „Und du leuchtest mir den Weg."

Vorsichtig begann er, die Steine zu erklimmen. Immer wieder glitten seine Füße ab, und es bröckelte der Schutt zu mir herunter. Ich war geschickter als er.

„Ein bisschen mehr nach links!"

Ich gehorchte und schwenkte die Lampe in die gewünschte Richtung. Irgendetwas bewegte sich in meinem rechten Augenwinkel. Bestimmt nur eine Illusion, dachte ich mir, doch ich fühlte mich schlagartig unwohl. „Warte, Paps, ich komme zu dir!"

„Nein!" befahl er, doch ich hatte mich bereits in Bewegung gesetzt.

„Hier, nimm meine Hand!" Paps versuchte, einen guten Stand zu bekommen, und ich griff nach seiner ausgestreckten Hand – da rutschte er ab. Ich schrie auf, als Paps auf mich fiel, und eine Lawine Geröll auf uns beide niederging. Schmerzhaft kam mein Rücken auf dem Boden auf, doch mein Keuchen wurde von dem Gewicht auf mir unterdrückt. Alles wurde schwarz um mich, und ich spürte Steine gegen meinen Helm schlagen. Irgendwie konnte ich meine Rechte befreien. Wild schlug ich um mich. Ich spürte, wie ich den Schutt rechts neben mir zur Seite schieben konnte. Ich wand und robbte mich in diese Richtung, bekam kaum Luft durch das Gewicht auf der Brust.

„Paps", keuchte ich. „Papa!"

Plötzlich war ich frei und konnte wieder atmen. Ein schwaches Leuchten fiel mir ins linke Auge, und so schnell ich konnte, hatte ich die Taschenlampe ausgegraben. Zum Glück war sie noch ganz. Ich leuchtete umher. Beinahe hätte ich Paps' Arm unter dem Geröll übersehen. Er bewegte sich nicht. Ich stürzte mich auf ihn und begann die Steine wegzuräumen. Der Körper war fast vollständig bedeckt.

„Du musst mitmachen!", rief ich, doch Paps antwortete nicht. Und dann hatte ich den Helm freigeschaufelt. Erschrocken keuchte ich auf. Vorne, dicht unter der Metallhaube steckte ein großer, spitzer Stein im Glas. Blut floss von der Stelle an der Stirn, an der er sie getroffen hatte. Panik überkam mich. Was, wenn er ...? Sauerstoff! Der Helm war kaputt! Hektisch durchsuchte ich zuerst meine und dann Paps' Anzugtaschen. Es war ein Wunder. Klebeband! So schnell ich konnte, hatte ich den Stein aus dem Loch gezogen und es verklebt, genauso wie jeden Riss im Glas. Meine Hände zitterten. Inständig hoffte ich, dass es ausreichen würde, dass sich der Sauerstoff wieder um Paps' Kopf sammeln würde. Erst jetzt fiel mir auf, dass sich seine Brust langsam hob und senkte. Wie war das noch einmal - die Atmosphäre hier war nicht sofort tödlich? Das war ja gerade noch einmal gut gegangen.

Wir mussten hier raus. Und zwar schleunigst. Siedend heiß fiel mir wieder ein, dass ich ja den Kommunikator verloren hatte. Paps' war zerbrochen. Die anderen dachten wohl, uns ginge es gut und wir würden uns Zeit lassen.

Vor uns türmte sich nun eine etwa drei Meter hohe Geröll-wand auf, die fast bis zur Decke reichte. Offenbar hatte unser

Sturz neues Material von der Decke nachrutschen lassen. Ich würde einen Durchgang graben müssen, und ich hatte nichts als meine beiden Hände. Ich schlang meine Arme um Paps' Brust, um ihn zur Seite zu ziehen – und wäre fast hintenübergekippt. Als erwachsener Mann wog er sicher das Doppelte meines eigenen Gewichts. Ich holte tief Luft und zog. Keuchend schleppte und rollte ich den Körper irgendwie an die Höhlenwand. Paps war noch immer nicht aufgewacht, und meine Arme fühlten sich bereits jetzt schwer an. Wie zum Teufel sollte ich diesen Geröllberg vor mir abtragen und dann auch noch Paps bis zum Rover bringen und ihn dort fachmännisch mit Sauerstoff und Medizin versorgen mit einem Sandsturm im Rücken?

Da ich beide Hände brauchen würde, musste ich einen geeigneten Platz für die Taschenlampe finden, die meine Arbeit beleuchten sollte. Schnell wurde mir klar, dass ich dadurch Paps' Körper in der Dunkelheit lassen musste. Was, wenn ihm etwas geschah und ich es nicht bemerkte? Die Schatten waren leer, ich wusste das natürlich – aber was, wenn doch nicht? Ich begann mich selbst für diese Zweifel zu hassen.

Und so fing ich an zu schleppen. Ich fing so weit oben wie möglich an. Die Steine boten besseren Halt als vorhin, doch das bedeutete auch, dass sie groß und schwer waren. Mit beiden Händen packte ich den nächstbesten vor mir und warf ihn gegen die Höhlenwand zu meiner Rechten, möglichst weit weg von Paps. Schnell wurde mir klar, dass dies ewig dauern würde. Ich musste mir etwas überlegen. Auf das Geröll war ein großer Felsen gerutscht, der sich unter der Höhlendecke verhakt hatte und drohte, jeden Augenblick auf mich herunterzurollen. Im Nachhinein graut mich davor, zu welcher Dummheit ich mich da hatte hinreißen lassen, doch in diesem Augenblick schien es mir die beste Idee: Ich zwängte mich unter die Decke und begann den Schutt unter dem Felsbrocken mit aller Kraft auf die andere Seite zu schieben. Die Steine rollten und nahmen andere mit sich. Ein paar Mal knirschte es, dann polterte der Felsen mit einer weiteren Steinlawine, die mich fast mitgenommen hätte, nach vorne. Der Weg nach draußen war frei.

Mit ein paar kräftigen Tritten ebnete ich den Geröllhaufen weiter ein. Nun mussten es etwa anderthalb Meter Höhe sein. Das musste reichen, um Paps darüber zu hieven.

Ein leises, dumpfes Dröhnen erklang durch den Gang. Es hörte sich beinahe wie ein Stöhnen an. Unwillkürlich musste ich an ein großes Ungeheuer denken. Ich atmete tief durch. Der Wind? Draußen musste bereits der Sandsturm toben. Was hieß, dass bereits viel mehr Zeit vergangen war, als ich gedacht hätte. Sauerstoff! Das Loch in Paps' Helm! Und auch meine Reserven waren nicht endlos.

Ich sprang vom Geröllhaufen, nahm die Taschenlampe vom Boden und stürzte auf den noch immer leblosen Körper von Paps. Vielleicht würde es ihm besser gehen, wenn ich ihm eine meiner Sauerstoffflaschen gab? Mit etwas Mühe gelang es mir, eine der beiden Flaschen auf meinem Rücken zu ertasten und abzuschrauben. Ein Fehler, und ich würde allen Inhalt verlieren. Ich hatte wohl mehr Glück als Verstand, doch es gelang mir tatsächlich, sie irgendwie abzunehmen und mit einer auf Paps' Rücken auszutauschen. Doch wie sollte ich die neue Flasche an meinem Anzug wieder befestigen? Mit wachsender Panik fummelte ich mit dem Drehverschluss der Flasche an meinem Anzugschlauch herum, doch der Winkel wollte nicht passen. Meine Hände begannen wieder zu zittern.

Es ging nicht. Die Flasche glitt mir aus den Händen, fiel auf den Verschluss, und mit einem Zischen entwich die Luft.

„Nein!", keuchte ich auf, bekam die Flasche zu fassen, doch vor lauter Entsetzen drehte ich den Verschluss in die falsche Richtung. Ein noch lauteres Zischen ließ mir beinahe die Adern gefrieren – ein weiterer viel zu langer Moment, der noch mehr Sauerstoff kostete, bevor ich schließlich die Flasche wieder zugedreht hatte.

Das Dröhnen in der Schwärze wurde lauter.

Ich hatte keine Ahnung, wieviel noch in der Flasche war, und ob mich der Rest überhaupt lange genug am Leben halten würde, bis ich wieder in Sicherheit war. Die Panik in mir wich einer bleiernen Verzweiflung, die mir die Tränen in die Augen drückte. Alles verschwamm, aber ich konnte mir die Augen nicht wischen. Ich würde sterben und Paps auch. Alleingelassen in der Dunkelheit, höchstens beobachtet vom Schattenwanderer, wenn er denn existierte. Er würde sich den Tod anschauen, unsere Körper verschlingen, und es würde nichts mehr übrigbleiben, wenn doch einmal ein Rettungstrupp kam. Wenn sie sich überhaupt die Mühe machten, über den Geröllberg zu steigen.

Ich weiß nicht, woher ich auf einmal diese Kraft bekam, doch irgendetwas sträubte sich in mir, aufzugeben, und brachte mich wieder auf die Beine. Ich klemmte die Taschenlampe unter meinen Gürtel, packte Paps' Arme und zog. Wild schwang das Licht umher, die Schatten tanzten, doch ich gab nicht auf. Das Geröll unter meinen Füßen glitt davon, und Schmerz breitete sich in meinem Fußgelenk aus. Ich musste Paps loslassen und mich setzen. Zum Glück konnte ich es noch bewegen, wenigstens war nichts gebrochen. Ich versuchte aufzustehen. Wenn ich nur vorsichtig auftrat, tat es nicht zu sehr weh, was hieß, dass ich mir eine dieser Verstauchungen zugezogen hatte, die nach einer Weile wieder abklingen. Aber wie sollte ich Paps in diesem Zustand über das Geröll bekommen? Ich schaute auf das schier unüberwindliche Hindernis vor mir. Und da sah ich die Schattenhand. Sie zeigte auf etwas. Das musste mehr sein als nur eine zufällige Konstellation aus Steinen und Lichtwinkeln. Der Schatten wollte mir etwas sagen! Ratlos starrte ich die längliche Steinplatte an, die an dem Geröllhaufen lehnte. Und dann dämmerte es mir langsam. Natürlich! Ich ignorierte den Schmerz in meinem Fuß und zog Paps auf die Platte. Sie war gerade so groß, dass sein Kopf und der Torso drauflagen. Wie ein Surfbrett glitt die Last nun über die Steine. Sicher, bergauf war es eine Qual, doch es war nicht mehr unmöglich; ich konnte mich mit aller Kraft gegen das Gewicht stemmen und dann die Hebelwirkung ausnutzen, als wir oben angekommen waren. Vorsichtig ließ ich Paps auf die andere Seite gleiten. Wir hatten es geschafft. Ich schnappte nach Luft, war vor Anstrengung völlig außer Atem. Wieder spürte ich, wie mir die Tränen das Gesicht hinunterliefen, diesmal jedoch aus Erleichterung.

Der Boden vor uns war einigermaßen eben und stabil. Es würde mühsam werden, aber nicht unmöglich, den Isengard zu verlassen und in unseren Wagen zu steigen, wo frischer Sauerstoff und funktionierende Funkgeräte warteten. Die Steinplatte würde ich jedoch nicht weiter nutzen können.

Die flackernde Taschenlampe erhellte den Gang vor mir. Und da wurde mir klar, dass das Flackern nicht von meinen Bewegungen kam. Die Lampe ging aus! Sie musste beim Sturz doch etwas abbekommen haben. Wir mussten raus, solange ich noch etwas sehen konnte. Wie viele Verwinkelungen und Abzweigungen gab es hier noch mal? War es nicht ein gerader

Gang gewesen? Oder gab es doch die Möglichkeit, dass ich mich getäuscht hatte? Einatmen. Ausatmen. Ich holte tief Luft, doch beruhigen konnte ich mich nicht. Wieder ergriff ich Paps' Arme und zerrte ihn weiter. Mein Fuß schmerzte mit jedem Schritt stärker, und bald konnte ich kaum noch auftreten. Immer wieder strauchelte ich oder musste innehalten. Wir kamen höchstens zentimeterweise voran.

Etwas piepte. Der Anzug, der mir mitteilte, dass ich meine Sauerstoffreserven bald austauschen sollte. Auch das noch! Wieviel Zeit hatte ich noch einmal dafür? Zwanzig Minuten? Eine Viertelstunde? Mein Gehirn konnte keinen klaren Gedanken mehr fassen. Egal – ich musste weitermachen! Und so zog ich. Längst hatte ich das Gefühl dafür verloren, wo ich eigentlich war und wie viel Weg noch vor mir lag. Bald piepte es ein weiteres Mal, und dann noch einmal. Ich spürte, wie die Luft immer dicker wurde, und ich musste immer schneller atmen. Auch die Lampe gab langsam, aber sicher ihren Geist auf. Kopfweh und Müdigkeit überkamen mich. Lange hatte ich wirklich nicht mehr.

War das da vorne der Durchgang zur Eingangshalle? Ich hatte den Weg viel kürzer in Erinnerung gehabt. Das windige Dröhnen drang mir wieder ins Bewusstsein, es war lauter geworden. Lichter begannen vor meinen Augen zu tanzen, mein Sauerstoff war aufgebraucht. Ich schnappte nach dem letzten bisschen Luft. Irgendetwas husche in meinen Augenwinkeln umher, und ich hätte beinahe aufgeschrien. Die Schatten bekamen Formen, sie lebten, wurden Wirklichkeit. Ich musste eine Pause machen, alles drehte sich. Sollte ich Paps doch liegen lassen, alleine zum Wagen gehen und Hilfe rufen? Aber was, wenn in der Zwischenzeit ...?

Ich stürzte. Meine Arme waren müde, mein Atem ging flach und schnell. Ich rappelte mich soweit auf, dass ich mich an die Höhlenwand lehnen konnte. Nur ein paar Augenblicke Pause ...ich war so müde.

Und da sah ich ihn. Eine dunkle Gestalt, schwarz und unförmig. Die Taschenlampe erlosch, doch ich sah, wie sie sich auf mich zubewegte.

Der Schattenwanderer beugte sein unsichtbares Gesicht ganz dicht zu meinem Ohr. „Das ist mein Reich!"

Und dann wurde mir klar, was wirklich unter dem Isengard lauerte: Ein boshaftes Schattenwesen, gewaltig, grausam, unerbittlich, ein Flammenschwert in der einen, eine Peitsche in der anderen. Es wohnte unter der Halle, jederzeit bereit, alles auszulöschen, wenn es aus seinem Schlaf geweckt würde. Nicht einmal der mächtigste Zauberer würde sich ihm entgegenstellen können, der Flamme von Udûn, auch nicht derjenige, der in diesen Höhlen hauste und Wache hielt. Und deshalb hätten wir Menschen nie hierherkommen dürfen. Der Schattenwanderer hob die Arme. Ein Lichtstrahl blitzte auf, tanzte vor meinen Augen. Ein Zauberspruch? Undurchdringliche Finsternis ergriff mich.

Die Anderen aus dem Forschungsteam waren auf halber Strecke umgekehrt, nachdem sie wiederholt keine Antwort von unserem Rover erhalten hatten. Zuerst hatten sie gedacht, es wäre die Höhlenwand und später der Sandsturm gewesen, die die Signale gestört hatten, doch dann hatten ihre Zweifel sie doch übermannt, und sie waren zurückgekehrt. Sie waren gerade noch rechtzeitig gekommen, ein wenig später, und mir wäre der Sauerstoff endgültig ausgegangen. Paps hatte eine üble Gehirnerschütterung, aber sonst keine weiteren Verletzungen davongetragen. Er war unglaublich stolz auf mich und nannte mich noch Wochen später seinen Helden und Lebensretter. Dass ich den Schattenwanderer gesehen hatte, wollte mir niemand so richtig glauben. Dennoch sind meine Erlebnisse rund um den Isengard ein Klassiker unter unseren Gründungs-Mythen geworden, den ich immer wieder erzählen muss. Ich habe Bilder von den Gestalten gemalt, die ich gesehen habe, verzerrte Monster mit Klauen, den gestaltlosen Zauberer und den Feuerdämon unter dem Berg. Vor allem die kleineren Kinder in der Kolonie haben großen Gefallen an ihnen gefunden, und auch heute noch, zwanzig Jahre danach, sind sie ein beliebtes Motiv in ihren Malereien.

Mittlerweile bin ich erwachsen und weiß natürlich, dass der Schattenwandler nicht mehr als ein Hirngespinst ist. Dennoch hat es seitdem immer wieder ähnlich aufregende und unheimliche Berichte über Begegnungen mit ihm gegeben. Ein Bewohner behauptete etwa, eine feurige Gestalt mit Flügeln gesehen zu haben. Viele halten wenig von diesen Geschichten. Sie erinnern an die Zeit, als die Menschheit noch nicht zwischen Erzählungen und Wirklichkeit unterscheiden konnte, als die Sterne noch Götter waren und keine Lebensräume. Als Angst noch das Handeln bestimmte und die Vernunft verpönt war.

Die Höhlen des Isengards gelten seit unserer Expedition als unbegehbar. Sie seien viel zu instabil, als dass man sich dort aufhalten solle, geschweige denn, eine Forschungseinrichtung bauen oder gar eine Siedlung darin zu beherbergen könnte. Wetterdaten empfangen wir von einer Station, die auf einem neu erschlossenen Hügel errichtet wurde. Ihre Lage ist nicht ideal, und immer wieder übersieht sie plötzliche Sandstürme, was eine oder andere Mal zu Schwierigkeiten führte, doch tut sie ihre Arbeit ausreichend genug, dass die meisten keine Verbesserung für nötig erachten. Vielleicht wird eines Tages wieder darüber gesprochen werden, ob man den Isengard nicht doch benutzen könnte – gestützt durch ein stabilisierendes Stahlgerüst etwa. Die ersten Stimmen in der Kolonie werden laut, fordern neue Untersuchungen. Doch der Großteil der Menschen schweigt dazu noch. Ich selbst sehe keinen Nutzen darin. Vielleicht wollte mir doch etwas sagen, dass der Berg unberührt bleiben sollte, eine übernatürliche Macht etwa, die Natur des Planeten – ich weiß, es macht keinen Sinn, was ich hier sage, aber was, wenn es doch etwas gibt, das unsere Technik nicht unter Kontrolle bekommen kann? Ich werde auch meinen Kindern davon abraten, die Höhlen des Isengard jemals zu erkunden oder ohne erwachsene Begleitung aus der Siedlung gehen. Wer sich nicht an die Regeln hält, wir vom Schattenwanderer gefangen und dem Feuerdämon vorgeworfen.

Ich frage mich, was der Große Tolkien sagen würde. Dass sein Zauberer, der auf der Erde nichts als Buchstaben ist, bei uns zum Leben erwachte und nun die Menschen in Atem hält. Gestern habe ich neben einem der Luftschleusen zur Siedlung einen kleinen Teddybären gefunden. Ein Zettel hing an ihm: Für den Schattenwanderer stand da in krakeligen Kinderbuchstaben. Sei nicht böse zu mir.

Das perfekte Modell

I

„Grün! Vollkommen grün! Ist das nicht irre?" Annas schwarze Locken wogten um ihr Gesicht wie Wellen, während sie von ihrem neuesten Projekt erzählte. Den linken Ärmel ihres Malerkittels voller Sprenkel in den verschiedensten Grüntönen gefährlich nahe an seinem Rechner, hatte sie sich auf Andreas' Schreibtisch gesetzt. Ihr Höschen unterm Rock war gerade sichtbar, was offensichtlich dem gutaussehenden Kollegen Jonas mit dem Tisch an der gegenüberliegenden Wand hinter ihm galt, doch auch Andreas musste sich anstrengen, diese Pose, so gut es ging, zu ignorieren. Seinen Blick hatte er stattdessen auf ihre Lippen gelegt, und er versuchte, ihrem Redeschwall zu folgen.

„Grüne Nippel! Wer steht denn bitte auf so etwas?"

„Hm", machte Jonas, sichtlich abgelenkt.

„Und wie zum Teufel soll ich die realistisch aufmalen?"

Andreas zuckte ratlos-zustimmend mit den Achseln, was sie zufrieden zur Kenntnis nahm. „Was glaubst du: Soll ich Dunkelgrün oder Oliv nehmen? Was gefällt diesem Perversling, Jonas?"

Dieser lachte. „Was weiß ich denn schon – Dunkelgrün?"

Unweigerlich musste Andreas mit seinem Schreibtischstuhl ein Stück nach hinten rollen. Ihm behagte es überhaupt nicht, wie Anna über den Auftrag herzog. Sie hatten nun einmal dieses grenzenlose Angebot. Die Kunden stellten sich ihre sexuellen Träume zusammen, und die Firma lieferte detailgenau. Ohne Wenn und Aber. Es war nicht die Aufgabe der Mitarbeiter, über sie zu urteilen. Im Grunde konnte dieses Gespräch sie alle in Schwierigkeiten führen.

„Kam nicht erst neulich dieser Science-Fiction-Film mit einer grünen Frau ins Kino?", versuchte er, Annas Gedanken wieder in angemessenere Bahnen zu lenken.

„Ja, die Vorlage für das Gesicht kam mir sehr bekannt vor. Vermutlich ist es diese Schauspielerin - wie heißt sie doch gleich ...egal, habe ich vergessen."

„Jaja, ich weiß, welche du meinst." Jonas begann zu überlegen. „Ich komm auch nicht drauf."

„Wollt ihr sie vielleicht sehen?"

„Das Modell?"

„Nein danke", wehrte Andreas sofort ab. Das Atelier, in dem Anna arbeitete, war ihm nicht geheuer. Eine große Halle neben der Fabrik, in der ein Dutzend Leute mit Farben an den Bestellungen herumhantierten. Diese halbfertigen Puppen, die mit jedem Pinselstrich, mit jedem Farbsprüher lebensechter wurden und ihre Genitalien - manchmal sogar mehrere - zur Schau stellten. Andreas hatte einmal eine Führung dorthin mitgemacht, als er bei der Firma angefangen hatte, und das hatte ihm ein für alle Mal gereicht. Die Fantasie der Kunden hatte schon die wildesten Kreationen hervorgebracht. Manche hatten ihn sogar bis in seine Träume verfolgt. Grüne Nippel waren da geradezu harmlos. Nein, manche Dinge musste man nicht sehen.

„Ach, kommt schon", lachte Anna, „Ich will, dass ihr beide mein Kunstwerk seht, nicht nur so ein notgeiler Kunde."

„Das kann doch warten", wehrte Jonas mit angewidertem Blick ab. Auch er schien sich nicht unnötig mit den Puppen auseinandersetzen zu wollen.

„Wir müssen noch an den Tonspuren weiterarbeiten", versuchte Andreas, das Gespräch zu beenden.

„So? Was müsst ihr denn tun?", fragte Anna neugierig.

„Jemand hat uns Aufnahmen geschickt, vermutlich seine Frau oder Freundin beim Orgasmieren. Die Qualität ist aber ziemlich schlecht, und die Länge stimmt auch nicht. Die Spur würde sich nach wenigen Minuten wiederholen. Wir müssen sie mit unserem Standardrepertoire aufbessern, damit sie sich realistischer anhört."

„Klingt ja spannend!" Sie lachte und nötigte Andreas, ihr einige Hörproben zeigen. Resignierend spielte dieser sie ab. Diese pubertäre Freude, die Anna zeigte, wäre vielleicht in Ordnung gewesen, wenn sie gerade erst angefangen hätte, bei ihnen zu arbeiten, doch so war sie nervtötend.

„Die Gute klingt ja wie ein Pferd! Dass das einer im Bett hören will ...Apropos", sie machte eine Pause und fing an, sich eine ihrer Haarlocken um den Zeigefinger zu wickeln. „Ich habe dir ja noch gar nicht erzählt: Ich habe ein neues Bett. Du erinnerst dich an die Geschichte mit dem verbogenen Lattenrost? Seit gestern Abend steht es in meinem Schlafzimmer. Es ist richtig toll." Langsam schritt sie auf Jonas' Tisch zu und setzte sich, als sei es Zufall, in der gleichen Pose wie zuvor. „Es ist schön groß, und die Matratze ist auch unglaublich angenehm." Sie lächelte verführerisch.

„Schön. Das freut mich für dich", antwortete Andreas anstatt seines offensichtlich verwirrten Kollegen. Nun fing das schon wieder an. Wieso ging Anna nur jegliche Subtilität ab? Und wieso musste sie ständig in sein Büro kommen, um neben ihm seinen Kollegen aufzugeilen? Nicht dass er sie nicht hätte leiden können, doch Himmel, es gab wirklich angenehmere Situationen als sich dieses Balzgehabe ansehen zu müssen! Schon seit zwei Wochen! Seit sich die beiden ganz klischeehaft auf dem Parkplatz gegenseitig die Autos geschrammt hatten.

„Echt ...?", machte Jonas. Sein Blick war wieder auf das Höschen gerichtet. „Das ist ja ...interessant."

Sie beugte sich etwas vor, damit Jonas auch einen Blick auf ihr Dekolleté erhaschen konnte. Der Wink mit dem Zaunpfahl verwandelte sich gerade zu einer Tracht Prügel. Andreas litt.

„Hmm ...vielleicht ...besser morgen?"

„Das Bett passt wirklich gut in mein Schlafzimmer, das solltest du gesehen haben."

„Das glaube ich dir, du kannst ja ein Foto für uns machen", platzte es aus Andreas heraus.

Anna sprang vom Tisch und warf mit beleidigter Miene ihr Haar zurück. „Was soll das? Du bist echt unromantisch!"

„Sorry, aber müsst ihr wirklich hier ...?"

„Ja", schnaubte Jonas, „müssen wir. Wo auch sonst?"

„Sind wir dir etwa nicht anständig genug, hier bei SensualRobots?", höhnte Anna.

Jonas lachte. „Ich glaube, er ist eifersüchtig."

„Dass ich dich und nicht ihn mit nach Hause nehmen will?"

„Nicht direkt. Darauf, dass überhaupt eine Frau mit mir sprechen will. Nicht wahr, Andreas?"

Andreas spürte, wie ihm das Blut ins Gesicht schoss. „Nein ...ich ...ach, haltet doch die Klappe!"

Die beiden lachten.

Dass sein Kollege erst neulich herausgefunden hatte, dass er nicht nur Dauersingle war, sondern auch noch nie eine richtige Beziehung geführt hatte, war in dieser Situation nicht gerade förderlich. Andreas stellte sich zähneknirschend auf einen Schwall anstrengender Sprüche und Hänseleien ein.

„Ich seh' doch, dass du rot wirst. Da hilft auch kein wegdrehen", grinste Anna.

„Meine Fresse, entspann' dich mal! Wenn du dich weiterhin so anstellst, wirst du noch als Jungfrau sterben." Jonas zwinkerte Andreas zu.

„Jungfrau?", krähte Anna.

„Hey, ich bin keine ...Ich habe gerade nur keine Lust auf Beziehung ...!" Es war zwecklos.

Anna schmunzelte. „So oder so – untervögelt!"

Jonas gab ihr einen peinlich berührten Rippenstoß. „Ich habe ihm schon vorgeschlagen, dass er mal eine Freundin von mir kennenlernt, aber er will ja nicht – was natürlich auch in Ordnung ist", fügte er schnell hinzu.

„Weil er nicht will oder weil er nicht kann?"

„Anna, das ist meine freie Entscheidung, ich will einfach nicht, okay?" Andreas war langsam richtig genervt. Wieso musste man sich ständig dafür rechtfertigen, dass man keine Beziehung haben wollte? Und wieso wusste Anna nie, wann sie ihre Klappe zu halten hatte?

Anna „Weißt du, für genau solche Leute wie dich gibt es unsere Firma. Kein Grund zum Untervögelt-Sein, auch ohne Beziehung. Wie wär's: Du stellst dir deine eigene Puppe zusammen?"

II

Die letzten Nebelschwaden des Novembermorgens wehten zur Seite und gaben den Blick auf das vierstöckige Bürogebäude frei. Sie ließen es trist und farblos erscheinen. Vielleicht war es auch der Zigarettenrauch. Von Erotik oder Erregung war weit und breit nichts zu sehen, da half auch das dunkelrote Firmenlogo an der Fassade mit dem Kussmund in der Mitte nichts. Andreas zog ein letztes Mal an der Kippe und schnippte dann den Stummel in den nächsten Gully. Es mochte daran liegen, dass er schon so lange hier arbeitete, auch im Inneren würden ihm nur routinierte Geschäftigkeit und Monotonie begegnen. Und das an einem der verruchtesten Orte der Welt. Missmutig schlurfte Andreas der Arbeit entgegen. Sie hatten gestern noch einen Stapel an Projekten entdeckt, der irgendwie zwischen den anderen untergegangen war. Wer der Schuldige gewesen war, ließ sich nicht mehr ermitteln, es war auch egal, jedenfalls standen nun in den nächsten Tagen einige Überstunden an, damit die Bestellungen noch rechtzeitig bei den Kunden ankamen. Ein weiterer Tag mit absurder Arbeit, ein weiterer Tag mit absurden Kollegen. Im Grunde mochte er Jonas, seine direkte Art, seinen schlechten Humor, seine etwas zu sorglose Arbeitsmoral – ein grundsolider Typ. Doch gestern hatte er mit Anna den Bogen überspannt. ihre Art konnte eben anstecken. Aber was konnte er, Andreas, schon machen? Irgendwo hatten die beiden ja nicht Unrecht. Intimität – davon hatten die Tonspuren, mit denen er täglich zu tun hatte, wahrlich schon genug. Und manchmal reagierte er eben überreizt. Die meisten bei SensualRobots stumpften mit der Zeit bei ab, vielleicht war er der einzige Mitarbeiter, dem dies nie vollständig gelingen würde. Ironie des Schicksals sozusagen: Demjenigen, der am wenigsten etwas mit Beziehungen anfangen konnte, ging all dies besonders nahe. Er hatte stets mit dem Gegenteil gerechnet. Wie auch immer. Er musste nun rein in diesen grauen Büroklotz.

Andreas schlug die Tür seines Hondas kräftig zu und schlenderte über den an beiden Seiten von langen Fabrikhallen gesäumten Parkplatz zum Eingang des Hauptgebäudes. Empfang und Kundenbetreuung Erdgeschoss, Robotik, Forschung und Labore erster Stock, 3-D-Modellierung und Informatik zweiter Stock, Design und Tonsdesign dritter, dann Logistik, Verwaltung und und und. Geradezu zwanghaft musste Andreas die Beschriftungen neben den Knöpfen im Aufzug lesen, so wie jeden Tag. Er hoffte, dass heute keine Anna zu Jonas kommen würde.

Gedankenverloren stieß Andreas die Tür zu seinem Büro auf, als ihm etwas Grünes auf einem Stuhl, der in der Mitte des Raumes platziert worden war, ins Auge fiel. Genau genommen waren es zwei Objekte: zwei lose, üppige Silikonbrüste mit dunkelgrünen Nippeln.

„Scheiße, was zum …?"

Anna, dieses …! Vorsichtig näherte sich Andreas den Kunstwerken. Er musste zugeben: Sie sahen tatsächlich lebensecht aus, trotz der grünen Farbe. Anna hatte ganze Arbeit geleistet. Offenbar hatte sie sie für Jonas dort hingelegt, vermutlich als Streich oder sogar als Anmache. Wo war Jonas überhaupt? Unschlüssig starrte Andreas auf die Brüste. Das war sein Stuhl, und er brauchte diesen Stuhl. Mit spitzen Fingern zog er eines der Silikongebilde hoch – am Nippel, der sich unheimlich echt anfühlte. Schaudernd warf er das Ding auf Jonas' Schreibtisch und das zweite gleich hinterher. Zum Glück hatte ihn niemand gesehen. Seufzend zog er den Stuhl an seinen Schreibtisch und setzte sich. Irgendwie fühlte er sich unwohl. Als sei hinter ihm eine weitere Person oder zumindest teilweise. Beobachtet. Von zwei grünen Silikonbrüsten. Himmel! Wo war nur Jonas, wenn man ihn mal brauchte?

Darauf bekam er etwa eine Stunde später eine Antwort via E-Mail. Jonas war krank und musste heute passen. Gestern Nacht sei es überraschend spät geworden, es sei ihm noch etwas dazwischengekommen – nein, nicht Anna – und nun fühle er sich nicht gut. Er wünsche viel Erfolg und Durchhaltevermögen bei der Bearbeitung des Arbeitsberges. Er hoffe, morgen wieder tatkräftig mithelfen zu können. Frustriert warf Andreas die Papiere auf seine Tastatur. Nicht nur hieß das, dass er vermutlich noch mehr Überstunden diese Woche machen würde als befürchtet. Auch würde er selbst diese Silikondinger ins Atelier zurückbringen müssen, wenn Anna nicht kam, denn länger wollte er sie nicht im Büro haben. Sie gefielen ihm einfach nicht. Aber das hieß, dass er mit diesen Dingern über den ganzen Flur gehen musste.

Er wartete auf Anna. Wartete, dass sie vielleicht zu Mittag bei ihm vorbeischauen würde. Doch Anna blieb fern. Wer wusste schon, warum. Er arbeitete an seiner Tonspur herum und vergaß schließlich für einige Zeit beinahe die grünen Brüste. Der Tag verging, und schließlich hatte sich der letzte Kollege verabschiedet, während Andreas noch an den halbfertigen Passagen feilte. Es war bereits spät, als er endlich die Tonspur fertig gestellt hatte. Sie ging nun etwa eine Stunde und war eine Kakophonie aus Gestöhne und Geschrei, das sich per Zufallsgenerator endlos kombinieren ließ. Es waren Momente wie dieser, in denen er sich fragte, womit zum Teufel er eigentlich sein Geld verdiente. Er hatte ein hochempfindliches Gehör und ein abgeschlossenes Musikstudium. Seine große Liebe war stets seine Geige gewesen. Mit ihr hatte er gehofft, die Konzertbühnen zu erobern und die Welt zu entdecken, doch die Künstlerkarriere war kläglich gescheitert, die Geige nun seit Jahren in ihrem Koffer im Schrank weit weg von

seinem Alltag. Die Erinnerung an die Geborgenheit ihrer Töne ließ ihn regelmäßig ein wenig sentimental werden, und so
auch jetzt. Hier war kein Ort der Geborgenheit. Und schon
gar nicht der Liebe. Er schluckte noch einmal, bevor er die
grünen Brüste an sich nahm. Nein, ganz und gar nicht. Sie
waren weich und nicht so kühl, wie er es erwartet hatte. Wie
Haut schmiegte sich das Silikon an seine Hände. Irgendwie
fühlte er sich pervers. Noch einmal schluckte er und trat dann
auf den menschenleeren Gang hinaus.
Vielleicht war es nun an der Zeit, sich nicht mehr so zu zieren,
einen ersten Schritt in Richtung menschlichen Körper zu
machen, sich darauf vorzubereiten, endlich einmal einen echten in den Armen zu halten, dachte er, während er den Gang
entlangschritt. Darum war er doch hier bei SensualRobots.
Um sich aktiv mit solchen ...Sachen zu konfrontieren und
sich zu desensibilisieren. Unsicher knetete er die Brüste vor
sich hin.
Mit dem Aufzug in das Erdgeschoss, dann am Eingang links
durch die Glasröhre in das Nebengebäude – es war ein langer
Weg, doch niemand lief ihm über den Weg. Schließlich stand
Andreas vor der breiten, stählernen Doppeltür des Ateliers.
Dass sie abgeschlossen sein könnte, hatte er überhaupt nicht
bedacht, doch er hatte Glück. Eine Reihe von Neonröhren
leuchteten auf, als er den Schalter neben der Tür drückte,
und warfen das Licht auf einen großen Raum, der voll von
abgedeckten Projekten, unaufgeräumten Tischen mit Pinseln,
Sprühdosen und Farbpaletten, vollgestellten Stühlen und Regalen mit Farbeimern war. Überall lagen die verschiedensten
künstlichen Körperteile herum: Arme, Beine, Bäuche. Manche
Tische glichen Seziertischen aus einem Horrorfilm. Der Boden, die Wände, die Möbel – alles war voll bunter Farbkleckse,

die von großem künstlerischem Eifer zeugten. Andreas fiel eine Puppe ohne Arme auf, die erschreckend jung aussah. Er erinnerte sich wieder, warum er das Atelier nicht mochte. Die grüne Frau saß auf einem Stuhl neben einem verhüllten Torso und starrte Andreas, der zögernd in der Tür stand, aus noch leeren Augenhöhlen an. Auf der Brust klafften zwei Löcher, die das metallene Innere des Puppenkörpers preisgaben. Schwarzes, glattes Haar fiel ihr bis zur Hüfte hinunter, und überall fehlten noch die Verschweißungen zwischen den einzelnen Körperteilen. Das Gesicht war erst zur Hälfte bemalt worden, die rechte Seite war noch pures, grünes Silikon. Sie würde bald sehr hübsch sein, das war bereits jetzt zu erkennen. Der Anblick berührte ihn, auch wenn er nicht wusste, warum. Sorgfältig legte er die Brüste zu ihr auf den nächsten Tisch. Er fühlte sich irgendwie schuldig. Es ist ein Ding, es kann dich nicht verurteilen, wies er sich zurecht. Und plötzlich kam in ihm ein Gedanke auf: Was, wenn er sich wirklich seine eigene Puppe zusammenstellte, so wie Anna vorgeschlagen hatte? Seinen Bedürfnissen ein Hilfsmittel gab, einen Hauch von Freiheit von sich selbst? Traute man der Werbung, kamen die Puppen dem Gefühl eines echten Menschen sehr nahe. Irgendwie ein abartiger Gedanke. Andererseits: Die Kunden taten es schließlich jeden Tag. Wenn er sich unter falschem Namen meldete, würde niemand wissen, dass ein Mitarbeiter bestellte. Ja, was war denn eigentlich so abartig an einer Sexpuppe? Er würde sie anschauen, berühren, alles mit ihr machen können, was er nur wollte. Üben. Vielleicht waren es doch nicht die grünen Brüste gewesen, die ihn hierhergebracht hatten. Vielleicht war es die Neugier gewesen, die Neugier nach ihnen, den Sexrobotern, die er im Grunde immer gefürchtet hatte – oder etwa doch nicht? Was für Gedanken! Hastig löschte er das Licht und stürmte aus dem Atelier. Entschieden schloss er die Tür hinter sich in der Hoffnung, auch die Gedanken hinter sich zu lassen. Und für einen kurzen Augenblick spürte er Erleichterung. Es war vorbei. Die Puppen waren hinter der Tür und hatten keinerlei Wirkung mehr auf ihn. Alles war gut. Doch dem war nicht so. Er spürte es. Die Gedanken würden wieder kommen, selbst wenn er ihnen für eine Weile entkommen sollte. Andreas durchschritt nachdenklich die Glasröhre. Er wollte sich nicht dem stellen. Noch nicht.

III

Jonas war auch am nächsten Tag noch krank. Andreas blieb nichts anderes übrig, als heute erneut Überstunden zu machen und sich vorzunehmen, am nächsten Tag frühzeitig bei der Arbeit zu erscheinen. Einen Teil konnte er immerhin auf seine Kollegen in den anderen Büros umdirigieren, dennoch kam er nicht umhin, sich für diesen Abend weitere drei Überstunden einzuplanen.

Anna kam zur Mittagspause kurz herein und bedankte sich für die Brüste; sie habe eigentlich vorgehabt, sie bis heute Abend noch im Büro zu lassen, damit Jonas einen Blick auf sie werfen könne, aber der sei ja immer noch nicht da.

Der Tag verlief ereignislos und die Arbeit glatt, und gegen Acht konnte sich Andreas guten Gewissens dazu entscheiden, nach Hause zu gehen, sein Tag war lang genug gewesen, fand er. Er seufzte und schaltete den Computer ab. Als er das Licht im Büro löschte, blinkte irgendein grünes Lämpchen an seinem Computer auf. Ihm kam Annas Projekt wieder in den Sinn. Ob er sich die Puppe vielleicht noch einmal anschauen sollte, nur so, aus reiner Neugier? Jetzt, da niemand mehr in dem

Gebäudekomplex war, erschien ihm die Idee, einen kurzen Abstecher ins Atelier zu machen, gar nicht so unangenehm. Mit sich hadernd stieg er in den Aufzug. Was er da tat, war irrsinnig. Auf der anderen Seite war nichts Falsches dran. Oder? Was war nur los mit ihm?

Als er unten ankam, trugen ihn seine Beine nicht durch die Eingangshalle nach Hause, sondern geradezu automatisch vor die Tür des Ateliers. Wieder war nicht abgeschlossen.

Die grüne Frau hatte all ihre einzelnen Silikonteile einschließlich der Brüste zu einem makellosen Körper verschweißt bekommen und saß steif auf ihrem Stuhl, den Blick ihrer braunen Glasaugen stur in die Leere gerichtet. Anna hatte ihr Gesicht mit Schattierungen lebensecht gestaltet und ihr einen tiefroten Schlauchbootmund verpasst, der sie irgendwie ordinär wirken ließ. Fast unschuldig wirkten dagegen die noch unbemalten Gliedmaßen.

Andreas war ein bisschen enttäuscht. Was er insgeheim erwartet hatte, hätte er jedoch nicht sagen können. Er wandte sich von Annas Kunstwerk ab und begann, sich die anderen Dinge im Atelier anzusehen. Die Puppen, die Bauteile, die Pinsel und die Farben – er musste zugeben, dass sie allesamt ein scheues Interesse in ihm hervorriefen. War er etwa gar nicht wegen der grünen Frau hergekommen? Hatte er nur nach einem Vorwand gesucht, um sich diesen seltsamen, makabreren, ja magischen Ort genauer anzusehen? Diese kreative Macht in dem Raum hatte sowohl etwas Einschüchterndes als auch Faszinierendes an sich. Vielleicht war nun die Zeit gekommen, sich dem zu stellen. Er trat an eines der Regale und schaute in die nächstbeste Kiste. Sie war voller weißlicher, handschuhartiger Gummiplastiken – unbearbeitete Männerhände, wenn man dem Schild folgte. Sie würden später angemalt und dem skelettartigen Roboter-Rohbau übergestülpt werden. Die nächste enthielt feinere Hände - weibliche. Dann kam eine Reihe an unterschiedlichen Füßen. Nicht selten wurden diese besonders detailreich in den Anfragen beschrieben, wie Andreas wusste. Vorsichtig nahm er einen Fuß mit runden, kurzen Zehen heraus und begutachtete ihn für eine Weile. Langsam gewöhnte er sich an das falsche Hautgefühl. Die Farblosigkeit ließ ihn mehr als einen Gegenstand als ein Körperteil erscheinen und senkte so die Berührungsängste, die Andreas bisher bei diesen, nun ja, Artefakten, gehabt hatte.

Ober- und Unterschenkelröhren, Arme in verschiedener Breite fanden sich in den anderen Kisten. Sollte er sich einen Mann oder eine Frau schaffen? Die Auswahl hier ließ endlos viele Kombinationen zu. Nicht hilfreich, da seine Unschlüssigkeit nur noch größer wurde. Es gab kräftige Bizepse und Bauchmuskeln. Weiche Brüste in verschiedenen Größen und mit unterschiedlichen Nippeln. Es mussten ja nicht einmal zwei sein, sondern es konnten auch drei oder vier werden. Penis oder Vagina? Manche Bestellungen hatten sich beides gewünscht. Und welche Größen und Formen? Die künstlichen Gemächte lagen gut in der Hand, geädert und aus hartem, fahlem Gummi, die weiblichen Pendants waren anmutig wie Orchideenblüten. Sie wirkten menschlich und intim, gleichzeitig abstrakt und dadurch beruhigend. Egal ob männliches oder weibliches Geschlecht - hier musste sich Andreas nicht schämen, hier konnte er das ihm noch Fremde fühlen, erkunden und seinem schöpferischen Geist freien Lauf lassen. Fasziniert tastete er sich durch die Kisten. Das war also das, wovon alle immer redeten, wovon die ganze Welt so voll war. Nun musste es ihm nur noch gelingen, dieses Unsagbare in seine Gefühls- und Lebenswelt einzuführen und real zu machen. Irgendwie.

Langsam wuchs eine Gestalt in Andreas' Kopf, nicht Frau, nicht Mann, eine Gestalt von unsteter Form und wechselndem Aussehen, die sich mit jeder Kiste änderte. Die Fantasien wurden wilder und wilder, doch gleichzeitig wurde das Traumwesen immer schemenhafter und ungreifbarer. Er erschuf sich ein kreatives Ungeheuer und verwarf kurz darauf alles wieder. Und schließlich war er an der letzten Kiste, an der letzten Farbe angekommen. Er fühlte sich sowohl überwältigt als auch enttäuscht. Was war nur los? Trotz der Vielfalt hatte er nichts gefunden, was ihn hätte beeindrucken oder gar befriedigen können. Andreas seufzte und beschloss, nach Hause zu gehen. Die grüne Frau schien ihn auszulachen, als er an ihr vorbeiging. Und sie starrte ihm noch lange und durchdringend hinterher, auch nachdem er die Lichter gelöscht, die Tür geschlossen und das Gebäude verlassen hatte.

IV

Das Atelier ließ Andreas keine Ruhe. Halbfertige Puppen und farblose Körperteile verfolgten ihn bis in seine Träume. Sie schwirrten um ihn, rieben sich an seiner Haut, und mittendrin stand die grüne Frau und lachte. Lachte ihn aus. Lachte ihn aus, weil die Penisse und Vulven, die er in seinen Händen trug, nicht mehr als verformtes Silikon waren.
Er hielt sie dennoch fest umklammert, und das, obwohl er sie am liebsten von sich geschleudert hätte. Es waren Bilder, die ihm beim Aufwachen ein unangenehmes Gefühl von Schmutzigkeit bescherten, das noch lange, nachdem er geduscht und in seinem Büro angekommen war, an ihm haftete.
Wenigstens hatte es Jonas heute wieder auf die Arbeit geschafft. Er war noch etwas blass, doch voller Ärger, als er sah, was sich

für ihn in den letzten zwei Tagen an Aufgaben angesammelt
hatte. Fluchend stürzte er sich in die Tonspuren.
Immer wieder sah Andreas das Silikon aufblitzen, wenn er
die Augen schloss. Es war, als hätten sich die Körperteile in
seine Netzhaut gebrannt. Und immer wieder die grüne Frau.
Es war, als bewache sie sein ganzes Denken, durchdringe alle
seine Gefühle; Frust, Unsicherheit, Anspannung. Die Firma
war wohl doch nicht das Richtige für ihn gewesen. Insgeheim
hatte er damals, als er hier angefangen hatte, gehofft, dass die
Arbeit wie eine Konfrontationstherapie wirken würde. Dass sie
sein Verhältnis zur menschlichen Sexualität verbessern oder
ihn wenigstens entspannter machen würde. Aber das war wohl
ein naiver Gedanke gewesen. Weder die Ohren voller Gestöhne
hatten ihn heilen können noch die derben Gespräche mit den
Kollegen, die grünen Brüste nicht, und nun hatte er sich dem
Atelier gestellt, und wieder war nichts passiert. Trotzdem: Dass
er die grüne Frau getroffen hatte, musste Schicksal sein. Sie
hatte ihn dazu gebracht, das Atelier zu betreten. Auch wenn er
noch nichts gefunden hatte, war er sich sicher, dass irgendwo
bei ihr die Lösung sein musste. Wo sonst? Sein Respekt vor
den Räumlichkeiten war sicher nicht aus dem Nichts entstan-
den. Er musste noch einmal dorthin, es war wie verhext.

Mit der Unterstützung von Jonas' Arbeitskraft hätte er heute
zur üblichen Zeit nach Hause gehen können, Andreas ent-
schied sich jedoch, wieder einmal länger zu bleiben. Jonas
fragte nicht und schrieb den Fleiß offenbar der Flut an unbe-
arbeiteten Aufgaben zu.
Die grüne Frau begrüßte Andreas mit abwehrend-aufrechter
Haltung in ihrem Stuhl. Sie war nun vollständig mit olivfar-
benen Schattierungen, Sommersprossen und feinen Fältchen

versehen worden. Sie hätte aufstehen und davongehen können, so lebendig wirkte sie. Ein unheimliches Zwischenwesen aus Mensch und Maschine. Äußerlich schien sie fertig, doch eine Liste neben ihr auf dem Tisch behauptete, dass ihr noch einige Funktionen eingebaut werden mussten. Herausnehmbare Taschen für ihren Mund, ihre Vagina und ihren After. Verschiedene Sensoren für Augen und Ohren. Mehrere Chips für Slots am Hinterkopf mit unterschiedlichen Programmierungen wie Bewegungsmuster, Spracheingaben und Anpassungsfähigkeit an den Körper des Besitzers. Und darunter auch eine Tonspur. Andreas war über diesen Auftrag noch nicht gestoßen, vermutlich bearbeitete ihn Jonas oder ein Kollege aus dem anderen Büro.

Irgendwie wurde ihm die Grüne immer unsympathischer. Frust stieg in ihm auf. Er drehte sich von ihr weg, um sich wieder den Kisten mit den Körperteilen zu widmen. Er stutzte, als ihm die große Doppeltür am anderen Ende der Halle ins Auge fiel. Er musste in den letzten Tagen so abgelenkt gewesen sein, dass er sie nicht weiter beachtet hatte. Zweifellos führte sie in einen Lagerraum. Nicht, dass er sonderlich neugierig gewesen wäre. Vielmehr aus einem gewissen Drang nach Vollständigkeit beschloss er nachzusehen, ob sich die Tür nicht öffnen ließe. Wenn ja, dann würde er einen kurzen Blick riskieren. Er machte kehrt und drückte die rechte Klinke. Tatsächlich war nicht abgeschlossen.

Er stand in einer weiteren Halle, vollgestellt mit Reihen von mit weißen Tüchern verhüllten Figuren, die im schwachen Licht der Lampen aus dem Raum hinter ihm wie Gespenster leuchteten. Es mussten hunderte sein. Er fand einen Lichtschalter, doch der gelbliche Schein der Glühlampenreihen machte die Szenerie nicht wirklicher. Es war, als sei er in eine geheime Kunstinstallation nur für ihn geraten. Langsam trat Andreas vor und atmete die bizarre Atmosphäre ein.

Und dann spürte er den Sog.

Irgendjemand, eine Präsenz, gab sich in diesem Raum zu erkennen, schien eine magische Verbindung zu ihm aufzubauen. Dort, ganz hinten. Mehr und mehr trieb sie ihn, zu ihr zu kommen. Und er konnte nicht anders, als dem Drang nachzugeben. Vorsichtig trat er zwischen die Reihen der Verhüllten. Er wusste, was sie waren, er musste nicht nachschauen. Sie alle waren leblos, stumpf und ohne jede Persönlichkeit, zahllos und austauschbar. Bis auf die eine. Er musste nicht suchen, er konnte geradewegs auf sie zuschreiten. Und dort stand sie auch schon, verdeckt wie alle anderen, aber mit einer Ausstrahlung, die ihn in Ekstase versetzte. Voller Ehrfurcht trat er an sie heran und zog das Tuch von ihr.

Sie war wunderschön. Ihr schlanker, glatter Körper war aus glänzendem Metall, die Glieder einem menschlichen Skelett nachempfunden. Dünne, schwarze Kabelbündel lugten wohlgeordnet an den Gelenken hervor. Ihr Kopf glich einem Schädel. Sie war eines der Rohmodelle, das noch nicht mit Zusatzfunktionen, Gummihaut und individualisierten Körperformen verunstaltet worden war. Trotz fehlender Augen schien sie ihn anzusehen, und ihr Blick ging tief in sein Herz. Er schluckte. Ganz vorsichtig legte er seine Rechte auf ihre Wange. Sie war kühl und makellos, aber gleichzeitig elektrisierend und von unendlich liebevoller Wärme, die ihn nach und nach umhüllte.

Die Zeit stand für eine Weile still. Beide standen einfach da, bewegten sich nicht. Irgendwann wachte Andreas aus der traumartigen Starre auf und wusste: Sie war ganz und gar sein. Sie hatte lange darauf gewartet, ihren rechtmäßigen Besitzer

zu treffen. Einen, der sie so verehren würde, wie sie war, der
sie mit nach Hause nehmen würde, um sein Leben mit ihr
zu verbringen. Sie lud ihn ein, sie weiter zu berühren, und
vorsichtig legte er seine Linke auf ihre schmale, metallene
Hüfte. Er konnte nicht anders: Seine Hände fingen an, sie zu
streicheln, ihren Körper zu erkunden. Sie ließ ihn wohlwollend
gewähren, und er küsste sie dankbar dafür. Er strich mit seinen
Fingern über ihre Arme, ihre Oberschenkel, er wanderte über
ihren kabelgeschmückten Hals, ihre Schultern, ihre flache
Brust und ihren Bauch. Er war berauscht von der kalten
Härte ihrer Oberfläche – eine erotische Eleganz, die ihm noch
nie so untergekommen war. Er musste sein Hemd ausziehen,
damit er noch mehr von ihr spüren konnte. Musste ihre
Arme um seine Hüften legen, sie bat ja darum, da sie es doch
selbst nicht tun konnte. Er atmete ihre Präsenz ein und legte
Haut an Metall. Seine Hände fuhren über ihren Rücken und
tasteten sich langsam an ihm herab. Immer tiefer. Er küsste
sie, und sie schien zu lächeln. Andreas durchflutete ein wildes
Durcheinander aus Erleichterung, Geborgenheit und tiefen
Glücks. Was auch immer er gesucht hatte, er hatte es nun
gefunden. Die perfekteste von allen.

Der Bärenwald

Es war noch früher Vormittag, doch schon jetzt legte sich eine schwere Schwüle über die fünf Häuser des vereinsamten Dörfchens. Die Sonne war gerade über die Spitzen der bewaldeten Berge gestiegen, und die Schatten waren bereits zwischen den Bäumen verschwunden und hatten sich in die Häuser verkrochen. Der schmale Schotterweg, der die Eingänge miteinander verband, leuchtete gleißend weiß. Kein Wind regte sich, doch still war die Luft nicht. Ein Konzert zahlloser Insekten hatte sie bis zur Gänze erfüllt; es summte, es brummte, es zirpte und rasselte in einer ohrenbetäubenden Lautstärke. Es duftete nach kräftigem Grün, nach dunstiger Erde, nach morschem Holz. Es war ein japanischer Sommer, wie es sie nur in den Bergen geben kann; man hörte es, man atmete es, man roch es und man schwitzte es. Feuchtigkeit und Hitze boten all ihre Macht auf, um der Welt zuzusetzen, sie zu zersetzen. Zersetzen wie die Häuser des Dörfchens.

Die vier alten Holzgebäude standen sich paarweise gegenüber. Ihnen fehlten Fenster und Türen, und schwarze Löcher taten sich an ihrer Stelle auf, aus denen grünes Moos und belaubte Blätter herausragten. Die ehemals tiefbraunen Holzfassaden waren ohne ein schützendes Dach beinahe schwarz geworden von den Spuren, die das herabgelaufene Regenwasser gezogen hatte. Unter einem der Fenster hatte sich ein stattliches Hornissennest gebildet, das jedoch verlassen war, und um das sich Spinnweben und trockene Blätter gesammelt hatten. Es witterte und verfaulte in den Ruinen, doch es kroch und wuchs auch aus ihnen heraus. In den Gärten lagen blau glasierte Ziegelsteine in von Gras überwachsenen, säuberlich aufgeschichteten Haufen – ein leiser Versuch, die Zerstörung zu ordnen.

Ein fünftes Haus stand etwas abseits von den restlichen hinter einem kleinen Hügel. Anders als die anderen, war es von kräftigem braun, hatte Fenster mit Vorhängen, eine Front mit gläsernen Schiebetüren und vollen Wäscheleinen davor. Ein kleiner Anbau mit rostendem Wellblechdach beherbergte Gartengeräte. Vor dem Türchen lagen eine Schaufel, mehre Eimer und eine Spitzhacke.

Neben und hinter dem Haus erstreckte sich ein großzügiger Gemüsegarten mit Reihen von Rettich, Stangen mit Kürbissen, Gurken und Auberginen und einem kleinen Eckchen mit Maispflanzen. Hier witterte es nicht, hier war es bewohnt, hier wucherte es aber auch nicht. Hier war es einsam.

Nun ging langsam die Schiebetür aus Bambus auf, und heraus trat ein alter Mann mit schneeweißem Bart. Trotz der Hitze trug er grüne Gummistiefel, eine lange beige Leinenhose, eine khakifarbene Weste mit zahlreichen Taschen und ein hellblau gestreiftes Hemd, dessen Ärmel er bedächtig umkrempelte, als er in die Sonne trat. Der Schatten seines sandfarbenen Stoffhuts ließ seine Augen fast verschwinden. Der Alte betupfte sich mit dem Handtuch, das er über seine Schultern gelegt hatte, die Stirn und schaute in die Sonne, als überlege er, wie denn nun die Hitze später noch werden sollte. Dann warf er sich seinen braunen Rucksack um, der im Eingang gestanden haben hatte, und zog die Tür des Bauernhauses zu. Keinen Grund, zuzuschließen – es war niemand in der Gegend. Mit schlurfenden Schritten bewegte er sich zum Wellblechverschlag und ergriff die Schaufel. Im Vergleich zu seinem dürren

Körper wirkte sie schwer und sperrig, doch der alte Mann schulterte sie gekonnt und machte sich auf den Weg durch das Dorf. Langsam und beständig setzte er Fuß vor Fuß, den Blick immer auf die weiße Straße gerichtet. Vorbei ging er an den alten Häusern, ohne aufzuschauen, und dann zwischen den beiden kleinen Reisfeldern hindurch, die am Rande des Dorfes lagen. Sie waren mit großer Sorgfalt in Quadraten angelegt worden, sodass jede Pflanze ohne Abweichung in ihrer Reihe stand, kräftig grün und in gleichmäßiger Höhe. Das Wasser war klar und von zahllosen Fröschen bevölkert, die sich hin und wieder zeigten. Sie zogen dunkle Schlangen an, die mit erhobenem Kopf und wachsamem Blick zwischen den Halmen umherschwammen. Der Alte blieb stehen und schaute den Tierchen eine Weile bei ihrem Treiben zu. Dann streckte er vorsichtig die Hand nach den Halmen aus und ließ sie über die Spitzen wandern, während er wieder seinen Weg aufnahm. Bald hörte der Reis auf, und vor ihm erstreckten sich zahllose Felder, die brach dalagen. Dunkles Unkraut wucherte in Büscheln vor sich hin, und alte Blätter und Äste lagen verstreut umher. Dies waren die Felder der anderen Dorfbewohner. Sie waren vor Jahren aufgegeben worden, als ihre Besitzer nach und nach verstorben oder weggezogen waren. Der alte Mann hatte sich daraufhin die beiden nächsten Felder zum Dorf ausgesucht und sie jedes Jahr trotz morscher Knochen und schmerzender Gelenke für sich bebaut. Längst war es nicht mehr so viel, als dass er den Reis hätte verkaufen können, doch für ihn selbst reichte es gerade so hin.

Die Straße führte durch die Unkrautwiesen geradewegs Richtung Wald und verlief eine Weile an dem kleinen Bach entlang, der die Bäume vom Schotterkies abgrenzte. Die Sonne stand bereits recht hoch, doch für einen schmalen Streifen Schatten reichte es, den der alte Mann sorgfältig nutzte. Nun bog der Weg in den Wald hinein, vorbei an einem kleinen Fuchsschrein. Man hatte ihn auf einem bemoosten Felsen errichtet. Er war kaum größer als ein Schuhkarton, die ehemals rote Farbe des Holzhüttchens war bereits in weiten Teilen abgeblättert. Der kleine, weiße Tonfuchs im Inneren starrte das verbrannte Räucherstäbchen und den kleinen, leeren Teller vor ihm mit schiefem Lächeln an.

Wie jedes Mal, wenn der alte Mann bei diesem Fuchsschrein vorbeikam, machte er Halt, nahm seinen Rucksack ab und holte ein Räucherstäbchen und eine Plastikdose mit Reisbällchen hervor, aus der er das kleinste hervorholte und auf den Teller legte. Dann zündete er mit einem Streichholz das Räucherwerk an und steckte es in die Halterung. Er verbeugte sich zweimal vor dem Fuchs und klatschte zweimal in die Hände, wie es bei Schreinen üblich ist, und verharrte einen kurzen Augenblick mit zusammengelegten Händen und gesenktem Kopf. Seine Lippen formten ein kleines, stummes Gebet, das der Fuchs mit starrem Grinsen erwiderte.

Die Gegend hier war eigentlich weniger für Füchse als vielmehr für Bären bekannt, vielleicht hätte an dieser Stelle ein Bärenschrein stehen sollen. Doch in all den Jahrzehnten oder sogar Jahrhunderten schien niemand die Rechtmäßigkeit der Füchse an diesem Ort infrage gestellt zu haben. Auch hätte sowieso niemand gewusst, was es sonst noch an Göttern und Geistern gab, die ebenfalls eine angemessene Verehrung verdient hätten. Vor Jahren hatte neben dem Fuchsschrein ein weiterer Felsen gestanden, auf dem einige Dorfbewohner einen Schrein für Bären aufgestellt hatten, doch nach einem starken Sturm war er umgekippt und das rote Häuschen fortgeschwemmt worden. Seither hatte niemand mehr einen neuen errichtet. Auf diesem Felsen lag nun der Rucksack des Alten, aus dem er nun einige Bärenglocken herausnahm und sich um den Hals legte. Zwischen den ehemaligen Reisfeldern war die Gefahr noch nicht so groß gewesen, denn Bären bleiben grundsätzlich lieber in den Wäldern. Doch ab hier ging niemand gerne ohne eine lärmende Abschreckung weiter. Die Bärenglocken schepperten rau, aber volltönend bei jeder Bewegung, die der alte Mann machte, während er wieder mit einem lauten Ächzen seinen Rucksack schulterte. Dann tauchte er in das tiefe, schattige Grün. Kräftige Zedern und Bambusse ragten in die Höhe und säumten den kleinen Trampelpfad, der sich bald zu linker Hand neben einen kleinen Bach vor einem Abhang gesellte. Er führte eine Steigung hoch, die wiederum in die Berge führte.

Der Boden dampfte vor Schwüle, obwohl es nun wesentlich kühler als auf den Feldern in der prallen Sonne war. Zikaden lärmten in ohrenbetäubender Lautstärke und mischten sich in das Plätschern des Baches und das Rauschen der Baumwipfel. Das Lichterspiel, das die Sonne durch die Baumblätter malte, besprenkelte den moosigen Trampelpfad in allen Tönen von Gold bis Grün.

Klong, klong. Die Bärenglocken ertönten mit jedem Schritt. Sie verjagte nicht nur mutmaßliche Bären, sondern auch alle anderen Tiere wie Vögel oder Mäuse. Der Alte stapfte vor sich hin, atmete die duftende Waldluft und fühlte hin und wieder an den Spitzen naher Gräser oder den Blättern tiefer Äste.

Schließlich wurde die Umgebung wieder ebener, und Weg und Waldboden verschwammen miteinander. Der alte Mann machte sich nicht die Mühe, das Laub, das den weiterführenden Pfad verdeckt hatte, beiseitezutreten. Mit der Schaufel als Gehstock verließ er den Weg und machte sich auf in die wahre Natur. Der Boden war hier bedeckt von Steinen, Ästen und Gebüsch, was das Gehen beschwerte; häufig knickten die Knie des Alten ein, und nicht selten konnte ihn gerade so die Schaufel auf den Beinen halten. Nach etwa einer Viertelstunde gelangte er an einer kleinen Lichtung an. Hier brach das Sonnenlicht ungehindert auf den Waldboden und versengte alles, was es berührte. Der alte Mann legte ächzend seinen Rucksack ab, setzte sich auf einen nahen Baumstumpf und fuhr sich mit seinem Handtuch über das Gesicht. Für einige Augenblicke verharrte er, atmete tief ein und aus und ließ die Sonne auf sein Gesicht fallen. Dann öffnete er den Rucksack und holte eine Plastiktüte und gelbgrüne Handschuhe heraus. Es waren Gärtnerhandschuhe aus Gummi und robustem Stoff, schon ganz grau von den vielen Malen, an denen sie benutzt worden waren. Der Alte stand wieder auf und kniete sich vor ein junges, kleines Ahornbäumchen, das mit einer roten Schleife an der Spitze gekennzeichnet war. Nun zog er die Handschuhe über. Sorgfältig wühlte er nun die Erde auf und grub das Bäumchen aus. Samt Wurzeln und Erde wanderte es in die Plastiktüte, bereit für die Reise zu einem neuen Ort.

Der alte Mann zog die Handschuhe wieder aus. Die harte Arbeit hatte ihn sichtlich erschöpft. Moos und Laub bei einem kräftigen Kiefernstamm luden ein, sich zu setzen und den Rücken anzulehnen, volle Zweige boten einen angenehmen Schatten. Nicht lange, und der Alte hatte sich nach einer Mahlzeit aus Reisbällchen und gekühltem Tee den Hut auf das Gesicht gelegt, Arme und Beine von sich gestreckt, und war eingedöst. Das leise Pfeifen seines Atems mischte sich in die flimmernde Mittagsluft.

Es war kein Geräusch, das ihn weckte. Er war plötzlich einfach wach und schaute in die Augen eines Bären. Keine zwanzig Meter weit entfernt auf einer Anhöhe stand das Tier, gewaltig und muskulös der Körper, die Ohren achtsam aufgestellt. Der alte Mann wagte es nicht, sich zu rühren oder zu atmen. Angriffslustige Bären vertreibt man ja bekannter Weise, indem man sich totstellt. Doch der Bär schien die Ruhe selbst zu sein. Nach einigen langen Sekunden wandte er den Blick ab und senkte den Kopf, als deute er eine Verbeugung an. Wie in Trance nickte der Alte zurück, grüßte den Herrn des Waldes. Dann drehte sich der Bär um und war kurz darauf im Dickicht verschwunden.

Bedächtig atmete der Mann aus. Müdigkeit breitete sich auf seinem Gesicht aus. Die Begegnung hatte ihm zugesetzt. Die Todesangst verliert im Alter ihre Wirkung, doch die lebendige Wildnis ist ein Anblick, der einem nicht jeden Tag vergönnt ist.

Laut schallten die Bärenglocken, als sich der alte Mann wieder rührte, und erschütterten die Luft auf der Lichtung. Der Bär musste mittlerweile zu weit weg sein, als dass sie ihn hätten stören können – wenn sie das denn überhaupt konnten. Den Wald aber schien das Klingeln zu zerschneiden wie grausame Messer. Die Luft wand sich, die Ohren schmerzten. Der Mann war hier ein Fremdkörper, und so rappelte er sich wieder auf, um nach Hause zu gehen.

Die Sonne stand bereits im Zenit. Sie ließ das Baumgrün flimmern und versengte jedes Stück Erde, das sie erreichen konnte. Selbst das Kreischen der Insekten schien nun mit einer ansteckenden Trägheit belegt zu sein. Der duftende Dampf der Bäume drückte schwer auf die Lungen. Sommer.

Blendende Helligkeit begrüßte den Mann, als er aus dem schützenden Schatten des Waldes trat, vorbei an dem ewig grinsenden Tonfuchs. Der Rucksack und das kleine Bäumchen in der Plastiktüte, das daraus hervorragte, lagen so schwer auf dem zerbrechlichen Rücken, dass der Alte fast waagrecht gebeugt gehen musste. Dennoch setzte er tapfer Schritt vor Schritt durch die Felder.

Es war bereits später Nachmittag, als der Alte – nach einer ausgiebigen Pause mit Wassermelone und Mittagsschlaf – sein Haus wieder verließ. Wieder schulterte er seine Schaufel, doch nun klemmte er sich einen Wasserkanister unter den Arm und hob die Tüte mit dem Bäumchen auf. Ein paar Schritte, und er stand vor dem Eingang des Nachbarhauses. Der Alte bog langsam beiseite die Zweige, die den Weg versperrten, zur Seite, um sie nicht umzuknicken, und trat ein. Drinnen erwartete ihn nicht etwa Dunkelheit und Moder. Tatsächlich erinnerte es hier nur noch vage an ein Haus, in dem einmal menschliche Ordnung geherrscht hatte: Das Dach fehlte, und große Löcher klafften im Boden des Obergeschosses und in den Wänden, manche fehlten ganz. Die Dielen hatte der Alte hatte fortgeräumt. Spuren von menschlichem Alltagsleben fehlten fast gänzlich: Tapeten, Kabel, Lampen und Waschbecken waren überall abgenommen worden, alles was nicht niet- und nagelfest war, abmontiert und verschwunden. Dennoch war es hier nicht trist, sondern voller Sonnenlicht und Leben: Der Boden war dicht von Gras bewachsen, und hie und da wuchs ein junger Baum. Einer war bereits so hoch und stark, dass er die Decke über sich zerborsten hatte. Die verrottenden Holzwände und mit Erde bedeckten Strohböden boten

Nährstoffe für die Pflanzen, und in ein paar Jahren würden sie sich völlig aufgelöst haben.

Der alte Mann schlich zu einem sonnigen Platz in der Nähe einer fast vollständig zusammengebrochenen Treppe. Wieder zog er sich die Handschuhe über, und das Bäumchen fand seine neue Heimat in einer kleinen Kuhle. Leise summend drückte der Alte die Erde um den Stamm fest und goss dann das Pflänzchen zum ersten Mal. Bald würden sich die Wurzeln ausbreiten und den ehemaligen Fußboden sprengen, bald würden die Äste die Wände zur Seite drücken.

Der Alte begann seinen täglichen Gang mit dem Wasserbehälter. Er schaute nach jedem Baum, nach jeder Pflanze. Und als er in diesem Haus fertig war, ging er zum nächsten und nächsten. Und schaute im ganzen Dorf nach dem Rechten.

Yenara

Asana von Rastabhan trat an den Felsvorsprung und streckte ihre Arme zu beiden Seiten aus. Der Wind wehte durch ihr blaues Haar und ließ es glitzern wie ein Wasserfall. Ihre Elfenohren zuckten. Tief atmete sie ein und lächelte. „Yenara, schau mal, ist die Aussicht nicht wunderschön?" Sie zeigte auf das Panorama, das sich vor ihnen ausbreitete; die winzigen Häuser Rastabhans, die sich auf dem Hügel unter ihnen stapelten, umringt von einer wuchtigen Mauer und feurigen Gräben, eingebettet in die regenbogenfarben schimmernden Wälder darum herum und schließlich die bläulich verhangenen Berge in der Ferne.

Yenara setzte sich in ihrem hölzernen Kinderwagen auf und klatschte wild in ihre Hände. Ihre hellblauen Locken wirbelte sie dabei hin und her. Warunar Sturmfaust musste unwillkürlich ebenfalls lächeln und ihr über den Kopf streicheln.

Mit großen, schwarzen Augen schaute sie ihn an, als er sie aus dem Wagen hob. „Papa ..."

Er musste sie einfach knuddeln. Und sie lachte vergnügt. Asana trat an ihn und ihre gemeinsame Tochter heran und umarmte sie. Sie schien mit aller Macht dagegen anzukämpfen, doch Warunar sah, dass sie nervös war. So wie er.

„Schau doch, wie schön die Welt ist", versuchte sie es noch einmal. „Alles nur für dich, Maus!"

Yenaras Blick folgte der Handbewegung, die Himmel und Erde zu umstreichen versuchte. Kindliches Staunen lag in ihren Augen, sie schien zu verstehen.

Der Abend brach langsam an, und über ihnen begann sich der Himmel bunt zu färben – ein roter Sonnenuntergang, der sich mit violetten und blauen Schlieren vermengte. Heute Nacht würde es wieder Nordlichter geben. Die ersten grüngoldenen Streifen deuteten sich bereits an.

Eine Weile stand die kleine Familie da, und ein jeder starrte vor sich hin. Warunar wusste nicht, was er noch sagen sollte. Ihm saß ein gewaltiger Kloß im Hals. Er spürte Asanas unruhigen Herzschlag an seiner Brust und wusste, dass es auch ihr so ging. Die hellen Sterne der gerade sichtbar werdenden Galaxie über ihnen verschwammen in seinen Augen zu milchigen Flecken im Farbenspiel des Himmels, doch Warunar wagte es nicht, seinen Arm zu bewegen und sich die Tränen zu wischen, er wollte seinen Schatz nicht loslassen, wollte sie mit beiden Armen fest an sich gedrückt halten. Ob er vielleicht doch zu sehr an der Sättigung des Lichts gedreht hatte? Dieser Gedanke war ihm bisher noch nie gekommen.

Nach und nach gingen die Lichter der Stadt an. Rastabhans Türme und Burgfesten erhellten ihre Fenster mit zahllosen Kerzen, die Leuchtfeuer auf der Stadtmauer erstrahlten, und die magischen Glastürme spiegelten sie wieder. Es glitzerte bis fast an den Horizont. Doch wirklich atemberaubend war die Sicht auf die hohe Mauer und den Lavaring, die die Stadt umgaben. Urtümlich martialisch – nach alter Zwergentradition angelegt. Warunar hatte ihn viel zu selten aus dieser Perspektive sehen können, und ein wenig Stolz erfüllte ihn. Keine noch so starke Orkarmee, Dämonenkavallerie oder Steinriesenhorde hatte die Stadt einnehmen können, und auch Flugvampire und gerüstete Wyvern waren an dem Ballistensystem kläglich gescheitert. Sie war uneinnehmbar. Es war das letzte Mal, dass er sie sehen würde.

Yenara aber hatte offenbar keinen Sinn für Zwergenarchitektur. Ihr Blick galt einem riesigen Drachen, der über sie hinwegflog. Aufgeregt zeigte sie nach oben und öffnete den Mund vor Verblüffung. Würde er es tun? Ein letztes Mal, für diesen Moment? Ja, er tat es! Warunars Herz triumphierte kurz, als das Ungeheuer sein Maul öffnete und einen gewaltigen Feuerschwall ausspie. Yenara lachte entzückt und klatschte wieder in ihre Hände.

Auch Asana lächelte ergriffen. „Siehst du? Papa hat den Drachen nur für dich geschaffen!"

Yenara legte den Kopf schief. „Da ...?" Sie zeigte wieder auf den Drachen.

„Ja, nur für dich. Alles ist hier für dich. Die ganze Welt. Du bist ihre Prinzessin." Warunar traten wieder die Tränen in die Augen.

„Und deshalb müssen wir jetzt Lebewohl sagen, Schatz." Auch über Asanas schönes Elfengesicht liefen nun die Tränen. Jedes ihrer Worte schien ihr Schmerzen zu bereiten.

Warunar packte seine Frau fester und küsste sie auf die Stirn. Das Mädchen schaute sie nur fragend an.

„Yenara, sag Byebye", raunte Warunar.

„ Ba ba ...?"

„Byebye."

Der Himmel veränderte sich. Die Sterne leuchteten auf, die Nordlichter verschwammen zu unscharfen Flecken. Der Horizont verlor an Kontur.

„Asana, es ist Zeit." Vorsichtig reichte er ihr das Mädchen, und mit tränenvollen Augen nahm sie es in die Arme. Sie zitterte. Warunar blieb nichts anderes übrig, als die beiden ein letztes Mal an sich zu drücken.

Die Lichter der Welt wurden größer und größer, blendeten die Sicht, und nach einer gleißend hellen Explosion versank alles in tiefster Finsternis.

„Ben!"
Schlagartig erwachten die Sinne in Warunars Körper. Es war dunkel, stickig und eng. Wo war er? Es fühlte sich an, als läge er in einem Grab.
„Ben, geht es dir gut? Komm aus der Kapsel raus!"
Das war Asanas Stimme. Und sein Name war Ben.
Simulation.
Mit diesem Wort traten alle Erinnerungen wieder in sein Bewusstsein. Er fand den Knopf für den Deckel, der geräuschlos aufklappte, und setzte sich auf.
„Anita?"
Anita stand vor ihm. Ohne Elfenohren, ohne blaue Haare, ohne geschnürte Gewandung, sondern mit schwarzem Pferdeschwanz und knittrigem T-Shirt. „Willkommen zurück in der Realität." Sie lächelte, doch ihr war anzusehen, dass ihr überhaupt nicht danach zumute war.
Noch immer ein wenig benebelt stieg Ben aus der Simulationskapsel und umarmte seine Frau. Er fühlte sich wie gerädert. Zwölf Stunden hatten sie beide in diesen Kisten gelegen, einen ganzen Tag. So lange am Stück hatte er das nur zu seinen schlimmsten Gamer-Tagen getan, und in diesen Spielen war die In-Game-Tagesfrequenz meistens bei einem halben realer pro Stunde gewesen. Sein Blick glitt über die schlanke, weiße Metallröhre. Hatte er gerade wirklich eine ganze Welt darin erlebt?
„Ich sollte duschen, ich bin ja ganz verschwitzt ..." Mit glasigen Augen schaute Anita ihn an, dann drehte sie sich um und

bewegte sich in Richtung Küche. Ben folgte ihr, da er schon befürchtete, dass sie vielleicht an Orientierungslosigkeit litt, doch sie holte sich ein Glas, das sie mit fahrigen Bewegungen am Wasserhahn auffüllte und dann leer trank.

„Wolltest du nicht duschen?"

„Jaja, lass mich noch kurz was trinken! Ich gehe ja gleich."

„Alles in Ordnung mit dir?" Vorsichtig trat er zu ihr und nahm ihr Gesicht zwischen seine Hände.

Sie zuckte zusammen. „Ja ...ich bin nur ...ich bin nur etwas überreizt."

Das war verständlich. Sie war nie eine große Gamerin gewesen. Das längste, was sie bisher in einer Simulationswelt verbracht hatte, waren wohl nicht mehr als zwei Stunden beziehungsweise einige wenige Spiele-Tage gewesen – der eigentlich offiziell empfohlene Zeitraum. Kein Wunder, dass sie noch ein wenig überfordert war. Vorsichtig küsste er sie auf die Stirn, doch sie schien es kaum zu bemerken. Wortlos stellte sie ihr Glas in das Waschbecken und trat aus der Küche. Kurze Zeit später ertönte das Rauschen von Wasser.

„Ich sollte mich vielleicht auch duschen", murmelte Ben vor sich hin. Wenn man sich selbst so sehr riechen konnte, dann war das ein deutliches Zeichen. Wie in Trance nahm er Anitas Glas aus der Spüle und goss sich selbst etwas Wasser ein. Wieso hatte er überhaupt gerade laut geredet? Das musste er sich in der Simulation angewöhnt haben. Er musste sich zusammenreißen, wenigstens bis er später im Bett läge. Unwillkürlich ertappte er sich dabei, dass er sich das samtene Königsbett mit dem aus dunklem Holz geschnitzten Baldachin vorgestellt hatte, das er für die Simulation entworfen hatte. Nein. Ein weißes Kissen, weiße Bettlaken, ein schlichtes Gerüst aus heller Buche, eigentlich aus Pressspan mit täuschend echter

Maserung – Stück für Stück bemühte sich Ben, die Wirklichkeit wieder in sein Gedankenwirrwarr zu quetschen. Keine
mittelalterlichen Möbeltexturen, Lichtschalter statt Kerzen-
leuchter, Elektrogeräte statt zwergischer Dampfmaschinen.
Zugegeben, die Fantasy-Mod, die er für die Simulation installiert hatte, war vielleicht ein wenig übertrieben gewesen.
Doch einen blassen Abklatsch der eigenen Wohnung und den
alltäglichen Orten der Stadt zu bespielen, hätte er nie ausgehal-
ten. Solange es die simulierten Grundstrukturen ihrer Leben
nicht beeinflusste, waren Mods eine legitime Sache für den
Eltern-Bewerter. Tatsächlich hatten die Entwickler Ben darin
bestärkt, da der Verfremdungseffekt, der unweigerlich gegeben
sein würde, angeblich dafür sorgte, dass die Simulation besser
verarbeitet werden konnte. Und das hatte sich Ben natürlich
nicht zweimal sagen lassen. Noch war das eine Option, die
die jetzige Testversion noch nicht anbieten konnte. Mit ein
wenig Glück würden sie seine Modifikationen auch in das
fertige Produkt mit einbauen, und dann war er nicht nur
ein einfacher Tester, sondern Mitentwickler. Und das konnte
eine Menge Geld abwerfen. Als leidenschaftlicher Fantasy-
Fan hatte Ben schnell seine eigene Traumwelt erschaffen, die
auch Anita nach einigen Bedenken akzeptiert hatte. Es war
ihre Idee gewesen, zur Elfe zu werden. Und nach anfängli-
cher Scheu war er zum mächtigen Drachenkrieger geworden.
Wie gerne hätte er doch Gefahren und Abenteuer installiert!
Doch die hätten die Simulation maßgeblich gestört. Also
keine Einhorn-Invasion, kein Land der Zerschlagenen Träume,
kein Stählernes Königreich. Dafür aber das allerniedlichste
Elfenkind, das er sich hatte ausdenken können. Aber war die
Simulation wirklich die richtige Entscheidung gewesen? Er
atmete tief durch. Natürlich war sie das. Er hatte so vieles

über das Elternsein gelernt. Dass er noch so durcheinander
war, lag bestimmt bloß an seiner Müdigkeit. Die Zweifel würden morgen, wenn er ausgeschlafen war, wieder verschwunden
sein.

Plötzlich stand Anita vor ihm. Offenbar war er so in Gedanken
gewesen, dass er nicht bemerkt hatte, dass die Dusche schon
eine ganze Weile verstummt war.

„Anita ...?"

Ihr Haar war nass und zerzaust, und ihr Schlaf-T-Shirt hatte
sie verkehrt herum an. Aber es war ihr Blick, ihre vor Entsetzen
geweiteten Augen die verrieten, dass etwas ganz und gar nicht
stimmte. „Yenara ..."

Anita fing an zu zittern und zu schluchzen. „Sie ist einfach
weg! Wir werden sie nie wieder sehen ..." Langsam schlang sie
ihre Arme um ihn und legte die Stirn an seine Brust.

Er spürte, wie seine Kleidung feucht um ihre Augen wurde.
Er drückte sie an sich. „Nein, das werden wir nicht. Die
Simulation ist vorbei." Ben biss sich auf die Lippe. Auch
ihm schossen auf einmal beinahe die Tränen in die Augen. Er
musste die Fassung bewahren, ein digitales Kind durfte ihm
nicht derart nahe gehen.

Vorsichtig führte er Anita zum Schafzimmer. „Ich mache dir
noch schnell eine Suppe warm. Geh ins Bett, du siehst müde
aus."

„Und du?" Beinahe hilfesuchend streckte sie die Arme nach
ihm aus.

„Ich komme gleich nach. Ich muss noch die Simulationswerte
abschicken. Morgen früh können wir uns dann die Ergebnisse
ansehen."

Anita nickte kurz und starrte dann in die Leere.

Seufzend schlurfte Ben in die Küche, stellte die Suppe vom Vortag in die Mikrowelle und machte sich gleich darauf mit zwei dampfenden Schüsseln zurück in Richtung Schlafzimmer auf. Sein Blick ging zum Fenster im Flur. Die Außenwelt – es war bereits später Abend. Wohnblöcke, schummrige Straßenlaternen, ein halbvoller Parkplatz. Bereits jetzt vermisste er die Fachwerkgebäude, die Mondkristall-Leuchten und die Ställe. Wie gerne hatte er den regelmäßigen Flug des Saphirdrachen am Himmel beobachtet, doch der Himmel war leer. Noch nicht einmal Sterne waren durch den Stadtdunst zu sehen.

Und – keine Yenara, über die er beinahe gestolpert wäre. Normalerweise hätte er kurz bei ihr vorbeigeschaut. Normalerweise ...

Anita schlürfte lustlos die Suppe hinunter und legte sich danach ohne Umschweife zum Schlafen. Es war eine unruhige Nacht. Zu viele Eindrücke, die die beiden zu verarbeiten hatten. Ständig wachte Ben auf, weil er getreten und geschlagen oder ihm die Decke weggezogen wurde. Yenara. Wenn sie in der Mitte geschlafen hätte, dann wären sie beide bestimmt vorsichtiger gewesen.

Wie erschlagen stand Ben am nächsten Morgen auf und schlurfte mit einer Tasse Kaffee an seinen Computer.

„Asa...Anita, die Ergebnisse sind da."

Sichtlich schlecht gelaunt stellte sie sich neben ihn. „Und?", grunzte sie. Kurz nach dem Aufstehen konnte sie einen manchmal eher an eine Orkfrau erinnern als an eine Elfin, und heute war es besonders schlimm.

„Wir haben bestanden. Schau mal! Wir haben sogar sehr gut bestanden. Bei der Geburt hast du dich tapfer geschlagen. Die ersten Wochen sind voller Fehler, aber bis auf etwas Schlafmangel hat Yenara keine Schäden davongetragen. Beim Sprachtraining hätten wir noch ein paar Punkte mehr holen können …Hier. Der Umgang mit den Spielsachen ist auch noch ein wenig verbesserungswürdig …aber sonst sind wir immer im grünen Bereich. Bei gemeinsame Aktivitäten haben wir sogar die volle Punktzahl erreicht. Wir haben nun offiziell die Empfehlung, ein Kind zu bekommen."

„Und um das zu wissen, habe ich drei Jahre meines Lebens verschwendet …", murmelte Anita.

„Genau genommen nur einen Tag."

„Es waren aber drei Jahre in der Simulation, verdammt noch mal! Und ich fühle mich auch so."

Ben beschloss, lieber nichts zu sagen. Ein falsches Wort, und sie würde explodieren, das kannte er nur zu gut. Und sie hatte ja recht: Auch er fühlte sich, als wäre er eine Ewigkeit nicht mehr hier gewesen. Das würde ein Spaß werden, nachher auf der Arbeit!

„Yenara ist jetzt gelöscht, oder?", riss ihn Anita wieder zurück.

„Ja." Verschwunden im digitalen Äther. Aufgelöst in viele kleine Datenschnipsel, die zusammengerechnet die Fähigkeit, ein Kind großzuziehen, anzeigen konnten. Ein richtiges, lebendiges Menschenkind. Welche Ironie!

Wortlos drehte sich Anita um. Er wusste, dass sie sich wieder in Richtung Bett bewegte. Sie würde heute nicht mehr arbeiten gehen.

Es wurde ein übler Tag. Und er wurde immer übler. Der Bürojob in seiner Handyfirma in der Simulation war vor allem Zeitvertreib gewesen. Zwar hatte Ben sich brav an die Regeln gehalten und die Aufgaben bewältigt, wie es vorgesehen war, doch hauptsächlich, um die Arbeitsschritte aktiv über die drei Jahre hinweg im Gedächtnis zu halten. Ohne Druck und reale Konsequenzen hatte er sich jedoch natürlich kaum angestrengt und die meiste Zeit entweder im an die Simulation gekoppelten Internet verbracht oder sich gleich nach ein paar wieder verdrückt. Nun musste er sich zusammenreißen, überhaupt das Tagessoll zu bewältigen. Er sehnte sich nach seinem Zuhause. Nach Asana und Yenara. Heute war gutes Wetter, ein Ausflug zum Stadtpark wäre sicher schön. Wenn denn nicht die Realität wäre. Kundendaten über Kundendaten.

Als Ben abends nach Hause kam und die Tür zur Wohnung aufstieß, traf ihn die Einsamkeit wie ein eisiger Schwall Wasser. Er hatte den Duft von frisch gekochtem Essen erwartet, da doch Anita den Tag zuhause verbracht hatte, stattdessen roch er nur, dass heute offenbar noch nicht einmal gelüftet worden war. Ohne über eine ungezogene Yenara zu stolpern, fand er seinen Weg ins Wohnzimmer, in dem er Anita scheinbar schlafend auf dem Sofa vorfand. Um sie herum auf dem Boden waren gebrauchte Taschentücher verstreut, und da wusste er, dass sie wach war. „Anita?"
„Schon zuhause?" fragte sie tonlos.
„Anita, was machst du da? Geht es dir gut?"
Wie in Trance setzte sich Anita auf. Ihre Augen waren rot geschwollen, und Ben fiel auf, dass sie noch immer ihr Schlaf-T-Shirt trug. „Ich habe Kopfweh", murmelte sie.
„Das glaube ich. Hast du den ganzen Tag geweint?" Zärtlich strich er ihr über den Kopf.
Wortlos nickte Anita.

Innerlich verfluchte er sich, sich jemals für diese Simulation mit ihr entschieden zu haben. „Hast du heute schon was gegessen? Getrunken?"

Anita zögerte kurz, dann schüttelte sie den Kopf. „Ich habe ...ich habe versucht, sie zu rekonstruieren."

„Du weißt, dass das nicht geht, oder? Unsere Simulation ist gelöscht. Es gibt niemanden, der das wieder rückgängig machen könnte."

„Ich habe die Firma angeschrieben."

„Haben sie dir geantwortet?"

„Ja."

„Und?"

„Sie haben nur die Daten, aber nicht mehr die originale Simulation."

Ben seufzte. Das war zu erwarten gewesen. Die Vorstellung, wie Anita verzweifelt vor ihrem Computer gesessen haben musste und versucht hatte, Yenaras Daten zurückzubekommen, taten weh. Er schwor sich, es nachher, wenn sie sich schlafen gelegt hatte, ebenfalls noch einmal zu versuchen. Das war er ihr schuldig, fand er. Und zugegeben, er wollte Yenara auch wiedersehen, musste. Woher er gerade diese nüchterne Fassade hernahm, war ihm selbst nicht ganz klar.

Schweigend stand Anita auf, verschwand aus dem Wohnzimmer und kam dann mit einem Glas mit sprudelndem Aspirinwasser wieder. Sie legte den Kopf schräg wie immer, wenn sie Bens Stimmung abschätzte. „Sie haben mir einen Link geschickt für einen neuen Simulationsdurchlauf ..."

War das eine Frage? Ben schluckte. „Anita ...findest du, das ist eine gute Idee?"

„Nein!"

Das war sehr bestimmt gewesen. Innerlich atmete Ben durch.

„Nein. Das wäre nicht gut für uns. Die letzte Simulation war schon anstrengend, und Yenara bringt es auch nicht mehr zurück. Außerdem wäre es falsch, sie einfach durch irgendeine andere Simulation zu ersetzen. Nein, ich will sie so, wie sie war, in Erinnerung behalten."

Vielleicht war es doch keine so gute Idee, Yenara zurückholen zu wollen. Offenbar hatte sich Anita damit abgefunden, dass sie das Elfenmädchen nicht mehr sehen würde. Ben biss sich auf die Lippe und sagte nichts.

„Ich denke, das ist das einzig Vernünftige", sprach Anita weiter, „für uns und für die Erinnerung an Yenara. Sie soll in Frieden gehen."

Was auch immer das bedeuten sollte ...Ben brummte zustimmend.

„Sie ist nun mal endgültig weg. Und damit müssen wir uns abfinden, auch wenn es schwer ist. Aber wir schaffen das." Anita schien mehr zu sich als zu ihm zu sprechen. Sie klang bestimmt, beinahe hoffnungsvoll. Ben wäre am liebsten weggegangen oder hätte ihr gleich einen Streifen Klebeband auf den Mund gedrückt. Er musste Ruhe bewahren, sich davon zurückhalten, ihr an den Kopf zu werfen, dass es hier immer noch um ein simuliertes Kind ging und dass es albern und unnatürlich war, deshalb so einen Terz zu veranstalten.

„Noch mal eine Nacht darüber schlafen, dann ist alles wieder gut." Anita lächelte, doch ihr traten schon wieder die Tränen in die Augen. „Sorry, ich -", und weg war sie, vermutlich ins Bad oder ins Schlafzimmer gestürmt.

Ben seufzte. Diese hysterische ...Er wollte sich seinem Ärger Luft machen, doch noch bevor ihm einfallen wollte, wie, hatte sich dieser schon in einen bleischweren Kloß aus Trauer verwandelt. Was hätte er nur gegeben, Yenara noch einmal zu sehen! Was war nur los mit ihm?

Er wusste, dass es falsch war, doch er musste sich vor seinen Computer setzen und die Mod-Dateien mit den Fantasy-Designs öffnen. Da war sie. Yenara. Eine 3D-Puppe mit ausgestreckten Armen und starrem Gesichtsausdruck vor einem leeren Hintergrund. Wieder und wieder ließ er sie um sich selbst drehen. Schmerzlich wurde ihm bewusst, dass das hier nur eine seelenlose Hülle war, ein bloßes Abbild, das noch nicht einmal gegen ein Foto ankommen konnte, denn Fotos sind Momentaufnahmen, eingefangene Erinnerungen. Und Screenshots in der Simulation hatte das Paar nie gemacht. Yenara würde verschwinden. Mit der Zeit würde ihre Vorstellung nach und nach verblassen, und wenn Anita und er starben, dann war sie für immer weg.

Die nächsten Tage lag eine Grabesstimmung auf Ben und Anita, die sich hartnäckig wie Schimmel in jedes Detail ihres Lebens hineinfraß. Die weißen, modernen Tapetenwände, die Gewöhnlichkeit des Kleiderschranks und die gähnende Leere im Wohnzimmer, wo sonst das Elfenmädchen seine Spielsachen verstreut hatte, schrien geradezu nach Fantasielosigkeit, nach Leblosigkeit. Manchmal fühlte sich Ben wie ein Geist, der nach dem Tod nicht das erwartete Paradies oder die Hölle vorfindet, sondern durch das endlose Nichts schweben muss. Irgendwie gelang es Ben zumindest tagsüber während der Arbeit wieder in den Alltagstrott hineinzukommen, doch sobald er nach Hause kam, konnte er seinen Gedanken nicht mehr entfliehen. Anita hatte fast eine Woche gebraucht, bis sie wieder in ihren Friseursalon gehen konnte, und es fiel ihr sichtlich schwer, dort bis zum Ladenschluss zu bleiben. Nervös kam sie nach Hause und knallte Türen zu und Fertigpizza um Fertigpizza in den Ofen.

„Anita, ich wollte einen Nudel-Käse-Auflauf machen. Möchtest du vielleicht auch etwas davon?“

„Du kannst doch eh nicht kochen“, gab Anita gereizt zurück und schob sich noch ein Stück Pizza in den Mund, ohne ihn anzusehen. Ihre Aufmerksamkeit hatte sie auf den Fernseher gerichtet, wo sich eine abgestürzte Familie in einer verranzten Wohnung bekriegte.

Ben schluckte seinen Ärger hinunter. „Ich würde nur gerne etwas anderes als Pizza essen. Wir essen seit fast zwei Wochen nichts anderes zu Abend. Meinst du nicht auch, dass es für dich besser wäre ...?“

Zwei Wochen ...zwei Wochen war es her, seit das mit ...seit das passiert war, das man vor Anita besser nicht aussprach.

„Danke, aber ich habe nicht mehr wirklich Hunger.“

„Einen kleinen Teller? Zum probieren?“

„Nein.“

Das war zu hart gewesen. Ben spürte wieder Wut in sich aufkochen. „Doch. Das solltest du. Du kannst so nicht weitermachen!“

„Wie? Was meinst du?“, fragte Anita kalt.

„Mit ...den Pizzen!“ Ben schluckte.

„Das ist ja wohl immer noch meine Sache. Du weißt, dass ich in letzter Zeit nicht wirklich Lust auf Kochen habe.“

„Anita!“ Am liebsten hätte Ben sie an den Schultern gepackt und kräftig durchgeschüttelt.

„Was? Koch dir doch deine Nudeln, ich halte dich nicht davon ab!“

„Anita, mir geht es nicht um die Nudeln!“

„Worum dann? Sag schon!“ Sie wurde laut.

Er wurde laut. „Du kannst hier nicht einfach nur jeden Abend so dasitzen und Fernsehen schauen! Mach' mal was anderes! Krieg dein Leben verdammt noch mal in den Griff!"

„So wie du? Du kommst heim, isst was und dann verschwindest du in deiner Gaming-Kapsel und kommst erst wieder ins Bett, wenn ich schon längst schlafe. Du weckst mich jedes Mal wieder auf!"

„Wenigstens sitze ich nicht depressiv in der Gegend rum!"

„Ist Spiele suchten etwa besser?"

Sie schrien jetzt beide.

„Meine Fresse, Anita, krieg dein Leben wieder in den Griff! Das alles ist mittlerweile zwei Wochen her!"

„Als ob du es besser wegstecken könntest! Wer hat denn bitteschön vorgeschlagen, die ganze Wohnung umzudekorieren? Die Wand muss frisch gestrichen werden, neue Topfpflanzen hier, andere Poster da, wir sollten gründe Vorhänge kaufen und den Teppich austauschen ...ich kann's nicht mehr hören!"

„Das verstehst du nicht, ich ..."

„Nein, du verstehst mich nicht! Nicht mal in Ruhe trauern kann ich mit dir, weil du so stumpf und unsensibel bist! Du hast doch keine Ahnung, wie es ist, wenn eine Mutter ihr Kind verliert!"

„Und ich war Vater! Außerdem war Yenara gar nicht echt!"

„Na und? NA UND?" Mit einem Aufschrei sprang Anita vom Esstisch auf. „Bastard", zischte sie ihm zu und stürmte aus der Küche.

Ben traten die Tränen in die Augen, teils aus Scham, teils aus Verzweiflung. Was hätte er denn tun sollen? Wütend stapfte er zu seiner Spiel-Kapsel und zog sie mit Schwung zu. Er hatte Lust zu töten. Die feindlichen Aliens aus der Epsilon-Galaxie 3 hatten seine Raumstation fast gänzlich eingenommen. Er brachte sich in Position und ließ seine Neutronen-Armbrust klacken. Die Aufregung vor dem Kampf schob die Gedanken aus der Realität allmählich zur Seite. Er konnte nur hoffen, dass bald alles besser würde.

Aber es wurde nicht besser. Bald war die Simulation drei Wochen her, dann einen ganzen Monat. Anita kochte wieder. Sie lächelte, erzählte von ihren Kunden und manchmal verführte sie ihn. Sie war wieder wie immer. Doch insgeheim hatte sie sich eine Maske aufgesetzt, die nur allzu leicht zu durchschauen war. Unter ihr brodelte es, und bei jeder Gelegenheit konnte ihre Stimmung kippen. Bens Feingefühl war schnell überfordert. Es half nicht, dass er selbst viel zu häufig explodierte. Yenara hätte sich vor dem alltäglichen Streit gefürchtet. Sie hätte angefangen zu weinen, und den Eltern wäre nichts anderes übriggeblieben als sich zu vertragen. Doch es gab keine Yenara. Nur wachsende Löcher in ihren Herzen, die keine Wut auszufüllen vermochte.
Und dann kam die Nachricht.
„Ich bin schwanger!“ Mit einem triumphierenden Grinsen kam Anita aus dem Bad gesprungen. So glücklich hatte Ben sie schon seit Wochen nicht mehr gesehen.
„Was? Bist du dir sicher?“ Bens Herz schlug schneller vor Aufregung. Er wurde Vater!
„Ja, schau mal!“ Sie hielt ihm den Schwangerschaftstest hin. Zwei Striche. Es war wie in einem Film.
„Wow ...“ Das war das einzige, was Ben in diesem Augenblick einfiel. „Wow. Und ...seit wann?“
„Es müssten knapp drei Monate sein. Irgendwie hatte ich so ein Gefühl...“

„Wow!" Ein Kind! Ein echtes, richtiges Kind! Ein Menschenkind! Was wäre das für eine Veränderung in ihrem Leben! Sie würden es füttern, mit ihm spielen, ihm Sachen beibringen - es würde so toll sein, einen weiteren Menschen bei sich in der Wohnung zu haben, ein Heim voller Liebe und Lachen. So wie früher. So wie mit Yenara. Ben fiel wieder ein, wie Yenara unter das Sofa gekrabbelt war, wenn er abends heimgekommen war. Sie hatte gekichert, und er hatte getan, als suche er sie. Dann hatte er sie hervorgezogen und durchgekitzelt. Wie sie sich gewunden und gekreischt hatte, dieses süße Ding! Wie das wohl mit dem neuen Kind werden würde? Unwillkürlich musste er schniefen. Tränen traten ihm in die Augen.

Anitas Lächeln erstarb. Sie fragte nicht, was mit ihm war. Sie wusste es ohnehin. Auch ihr lief nun eine Träne die Wange herab.

Ben öffnete den Mund, doch sie schnitt ihm das Wort ab.

„Wir haben noch sechs Monate Zeit. Wir sollten uns gut vorbereiten, das Kinderzimmer einrichten und so", sagte sie tonlos.

„Wir wissen ja, was wir brauchen", ergänzte Ben traurig.

Anita biss die Zähne zusammen. „Mag sein. Aber lass uns auf das neue Kleine konzentrieren. Vielleicht wird es ja ein Junge."

„Und Ye..."

„Stopp!" Anita schrie beinahe. „Ich will nicht mehr! Wir brauchen ein Kinderbett, einen Wickeltisch, Windeln, ein ..."

„Ich weiß, was wir brauchen, Anita! Wir haben das alles schon mal gemacht. Für Yenara! Ich ..."

„Hör auf! Lass das! Nenn nie wieder ihren Namen! Wir haben ein neues Kind! Verstehst du? Ein reales! Wir können nicht weiter einem digitalen hinterherheulen! Wir müssen weitermachen! Wir können nicht ..." Ein Weinkrampf verschluckte den Rest des Satzes und ließ Anitas Körper so sehr zittern, dass sie beinahe auf die Knie ging.

Bens Blick war getrübt von seinen eigenen Tränen, und so tastete er sich vor zu ihr und nahm sie in die Arme. „Es tut mir so leid", rief er, und dann fast flüsternd: „Es tut mir so leid. Du hast ja recht. Wir müssen weitermachen. Ich freue mich auf das Kind. Und ich verspreche dir, ich werde nie wieder ihren Namen sagen ..."

Ben und Anita wussten genau, was zu tun war, als die ersten Wehen einsetzten. Ruhig riefen sie den Krankenwagen, schnappten sich die gepackte Tasche, ließen sich zum Krankenhaus fahren und nahmen ihre Plätze ein, Anita im Kreissaal, Ben auf einem der Stühle davor.

Es war wie das erste Mal. Anita schrie sich die Seele aus dem Leib, und Ben rutschte aufgeregt auf seinem Stuhl herum oder lief auf dem Gang hin und her. Würde es gut gehen? Würden Mutter und Kind wohlauf sein? Und wie würde es wohl aussehen? Bens Herz setzte beinahe aus, als er endlich in den Saal gebeten wurde.

Anita lag wimmernd auf dem Stuhl, das blutige Baby in den Armen.

„Hier, schau mal! Das ist Sabrina."

Ben war so überwältigt, dass er sich für einen Augenblick kaum rühren konnte. Es war da! Es lebte! Anita lebte! Natürlich war das eine Selbstverständlichkeit, aber man wusste ja nie ...So vorsichtig wie er nur konnte nahm er das Kind aus den Armen der Mutter und hob es hoch. Es war klein und zerbrechlich, seine Haut noch ganz verschrumpelt, der Körper rot von Blut. Ein dünner Flaum dunkler Haare klebte auf seinem Kopf, das Gesicht war ganz zerknautscht. Es schluchzte ein wenig vor sich hin, weinte aber nicht.

Bens Herz wollte fast zerspringen. Das war sein Kind! Sein Ein und Alles. Nun öffnete es seine Äuglein und suchte blind umher, während sich das Gesicht wild verzog. Irgendwie war es ...nun ja, nicht sonderlich hübsch anzusehen, musste Ben feststellen. Und dann schrie es. Es schrie und schrie und schrie, als wolle es der Welt, die es gerade erst entdeckt hatte, bereits das Fürchten lehren. Hilflos wiegte er es hin und her, ohne dass es irgendetwas gebracht hätte. Am liebsten hätte er es Anita wieder zurückgegeben, doch kam er sich bei diesem Gedanken schäbig vor, und das nicht nur, weil Anita so aussah, als habe sie nicht wirklich das Bedürfnis, das Neugeborene wieder an sich zu nehmen. Vielleicht war sie einfach zu erschöpft dafür.

Ben seufzte innerlich und beschloss, ein guter Vater zu sein. Er hielt seine Tochter weiter in den Armen, aber dieses Kind hatte keine blauen Haare, keine großen Kulleraugen, keine Elfenohren. Dieses Kind konnte nicht mit seinem Lächeln die Herzen erwärmen. Es war nun einmal nicht Yenara. Elfenkinder waren eben doch niedlicher als menschliche Kinder.

Das Mausoleum des Zeitreisenden

Der kleine, dürre Mann mit dem schlechtsitzenden, grauen Anzug auf dem Gehsteig schien so gar nicht in diese Wohnsiedlung zu passen, deren teure Villen und luxuriöse Gärten unter dem Duft von Heckenrosen, Fliedern und Malven und einer viel zu warmen Maisonne vor sich hindösten. Nervös zog er an einer Zigarette, machte ein paar Schritte nach links, dann wieder nach rechts, bevor er sich lässig an das mannshohe gusseiserne Eingangstor zu einem der Anwesen lehnte, nur um dann wieder einen Zug zu nehmen, ein paar Schritte zu tun und so weiter. Hin und wieder ging sein Blick auf die Uhr, dann wieder auf die Straße, die jedoch um diese Uhrzeit wie ausgestorben war; es war Donnerstagnachmittag. Die meisten Leute befanden sich vermutlich auf der Arbeit oder blieben gleich in ihren Villen und Gartenlauben, wenn es die Umstände zuließen.

Nun kam ein roter Wagen angefahren und hielt an der gegenüberliegenden Straßenseite vor dem Mann und dem Tor. Zwei blonde Kinder, ein Junge und ein Mädchen im Grundschulalter, herausgeputzt bis an die Schuhspitzen, kamen herausgesprungen. Eine ebenfalls blonde Frau in einem hellblauen Kleid mit Margeritenmuster und ein beleibter Mann in weißem Hemd und beiger Hose kamen hinterher. Lautstark fingen die letzteren beiden ihren Nachwuchs ein, der wild über die Straße fegte, und überquerten dann die Straße.

Der dürre Mann schnippte nicht ganz so unauffällig wie gewollt seinen Zigarettenstummel weg und streckte den vier Leuten seine Hand zum Gruß hin.

„Ah, Sie sind Herr Hubertus?", krähte der Beleibte und schlug heftig ein. „Angenehm, Störzel. Meine Frau - und das sind Sascha und Johanna."

„Angenehm, angenehm." Hubertus schüttelte schüchtern alle Hände. Er setzte ein Lächeln auf, ließ mit einem tiefen Atemzug die Schultern fallen und streckte den Rücken gerade. „Bitte, treten Sie doch ein!" Schwungvoll öffnete er das Tor und gab der Familie den Weg auf ein großzügiges Anwesen frei. Vor ihnen erstreckte sich eine große Wiese mit wild wuchernden Wiesenblumen und ungepflegten Obstbäumen, deren Blütezeit schon beinahe wieder vorbei war und deren Pracht sich überall auf dem Boden verteilt hatte. Es war offensichtlich: Hier war schon lange kein Gärtner mehr gewesen. Der Schotterweg führte vor eine mit reichlich weißem Stuck verzierte Villa aus dem neunzehnten Jahrhundert, deren ehemals grüne Fassade bereits unter braunen Verfärbungen litt. Auch hier musste dringend Hand angelegt werden, dennoch hatte das dreistöckige Gebäude nichts von seiner majestätischen Würde eingebüßt.

Staunend folgte die Familie Hubertus durch das Tor.

„Ist der Garten nicht wunderschön, Schatz?", jauchzte Frau Störzel.

„Ja, sehr schön, nicht wahr?", pflichtete ihr Hubertus bei und lachte ein wenig aus Verlegenheit.

„Sehr weitläufig. Die Bäume sind gut platziert", versuchte Herr Störzel zu fachsimpeln.

„Stell dir vor, mit unseren Kindern ..."

Die Kinder blickten zur Mutter auf, und auf ihren fordernden Blick hin nickten sie zustimmend.

„Mein Bruder und ich haben als Kinder auch sehr gerne hier gespielt. Sehen Sie den Apfelbaum dort drüben? Dort war unsere Schaukel", bemerkte Hubertus.

„Dann sind Sie hier also aufgewachsen?", fragte Herr Störzel neugierig.

„Oh ja, in der Tat."

„Familienbesitz?"

„Ja. Es war das Haus meines Großvaters. Und meiner Urgroßeltern. Später, als mein Großvater ...nicht mehr war, , da hat es meine Mutter übernommen. Und nach ihr schließlich ich."

„Und jetzt verkaufen Sie es? So ein schönes Haus? Was für eine Schande – das heißt, für Sie, nicht für uns!" Herr Störzel lachte laut auf und schlug dem dürren Mann herzlich auf die Schulter.

Dieser senkte seinen Blick zu Boden und ließ es ohne Regung geschehen, konnte sich dann jedoch zu einem gequälten Lächeln durchringen.

Frau Störzel packte ihre Kinder an je eine Hand und lief tuschelnd und schauend die Hausfassade ab. Es fielen Worte wie Baumhaus, Fußballtore und Grillfest.

Fröhlich nickte Herr Störzel seiner Familie zu und wandte sich dann wieder an Hubertus: „Schön hier. Ein bisschen Renovierungsarbeit wäre vielleicht nötig, aber das war ja zu erwarten. Trotzdem. Was mich ein wenig wundert, ist: Der Preis ist schon sehr, nun, bescheiden, wenn ich mir das hier so ansehe. Sie hatten einen Haken angedeutet, nicht? Ich hoffe wirklich, dass er nicht allzu problematisch ist. Das wäre wirklich zu schade!"

Hubertus nickte langsam und murmelte: „Dazu werden wir später noch kommen." Mit einem Seufzer öffnete er die Eingangstür. Herr Störzel rief seine Frau und Kinder her, und gleich darauf standen sie in einer mit dunklem Holz vertäfelten Eingangshalle. Wie so oft in alten Villen war sie mit einer großzügigen Treppe bestückt, die fast die ganze rechte Hälfte des Raumes einnahm. Das gusseiserne Treppengeländer war mit Weinreben im Jugendstil verziert. Rechteckige helle Flecken an den Wänden zeugten davon, dass dort bis vor Kurzem zahlreiche Bilder für eine sehr lange Zeit gehangen haben mussten. Der Boden war in weiß-grauen Marmorfliesen ausgelegt. Alles war antik, doch wirkte es geschmackvoll und freundlich. Hubertus beeilte sich jedenfalls, darauf hinzuweisen, dass auch der Rest des Hauses noch immer den Charme der Jahrhundertwende besitze, ein Erbe, das die Familie nie hatte aufgeben wollen – wo gebe es denn heute noch so etwas? „Sogar einen Kronleuchter hat es hier", rief Frau Störzel entzückt aus. In der Tat war der kristallene Gigant nicht zu übersehen.

„Das Meiste der Einrichtung können Sie im Übrigen miterstehen, wenn Sie wollen. Ich habe leider für viele Dinge keinen Platz mehr in der kleinen Wohnung, in die ich demnächst ziehen werde." Verlegen kratzte sich Hubertus am Kopf.

„Sie ziehen in eine Wohnung? Aus so einem Anwesen?" Offenbar war Herr Störzel weniger von der einfühlsamen Art.

„Nun, wissen Sie", druckste Hubertus herum, „ich habe leider nicht die finanziellen Mittel, um das Anwesen hier noch länger zu betreiben."

„Aber mit dem Geld, das Sie für das alles hier bekommen könnten, sollten Sie es sich doch gut gehen lassen können. Ein anständiges Haus wäre doch sicher drin, nicht?" Herr

Störzel klopfte seinem Gegenüber erneut kameradschaftlich auf den Unterarm.

„Nun, ich fürchte nicht." Hubertus wurde das Gespräch sichtlich unangenehm.

„Schulden?", erkundigte sich Frau Störzel neugierig.

„Ja", seufzte Hubertus.

„Ach was, wieso das denn?"

„Frau, so etwas fragt man nicht!"

„Und Sie haben keine Familie, die sich um Sie kümmert?"

„Nun ...also ..."

„Sie brauchen mir nichts zu erzählen, wenn das zu persönlich ist", sagte Frau Störzel schnell, der offenbar aufgefallen war, dass sie die Frage nicht hätte stellen sollen. „Wenigstens verdienen Sie gut, nicht?"

Hubertus schüttelte schüchtern den Kopf. „Um ehrlich zu sein, nicht so."

„Aber ausreichend?"

„Ich ...ich habe meine Arbeit verloren." Und auf den fragenden Blick hin: „Florist. Der Laden lief nicht gut."

Die Störzels schauten ihn mitleidig an, und da war es um Hubertus geschehen: Er begriff, dass es keinen Sinn hatte, sich weiter bei dieser Familie um alles herumreden zu wollen und einen guten Eindruck zu vermitteln. Dass in seiner Lage wohl Ehrlichkeit gefragt war und es eigentlich auch egal war, ob diese Fremden seine Lebensgeschichte zu hören bekamen oder nicht. Was gab es schon zu verbergen? Es ging ja um das Haus und nicht um ihn.

„Oh nein, das tut mir aber leid", säuselte Frau Störzel, sichtlich erpicht darauf, noch mehr aus Hubertus herauszubekommen. Und bei so viel ungewohntem Mitgefühl strömten Hubertus die Worte nur so aus dem Mund: „Ach, wissen Sie, es wird Sie vermutlich nicht interessieren, aber ich habe eine üble Scheidung hinter mir. Das ganze letzte Jahr hat sich der Prozess hingezogen. Sie wollen sich nicht vorstellen, was auf einen zukommt, wenn man seine Ehe rückgängig machen will! Ein unglaubliches Hin- und Her: Verträge, Scheidungsanwälte ...Ich möchte Sie auch gar nicht mit den Einzelheiten langweilen ...“

„Nein nein, erzählen Sie nur!“ Frau Störzel schien Blut geleckt zu haben.

„Ähm ...wenn Sie darauf bestehen ...Schon allein der Papierkram ist anstrengend, glauben Sie mir, aber dann muss ja der ganze Besitz verwaltet werden. Täglich Streit um jedes einzelne Möbelstück, das Auto, die Rechnungen ...Das war wirklich eine harte Zeit.“

„Das klingt ja schlimm. Ihre Frau muss ein wahrer Drache gewesen sein. Ein Glück für Sie, dass sie fort ist!“ Auch Herr Störzel hing ihm nun an den Lippen.

„Meine Frau ...meine Exfrau – bitte verstehen Sie mich nicht falsch – sie war immer großartig, ein Sonnenschein ...oder zumindest meistens. Sie und ich, wir haben uns irgendwie auseinandergelebt. All die Jahre habe ich nichts gemerkt, können Sie sich das vorstellen? Sie war immer so fröhlich, so geschäftig in unserem Haus, so fürsorglich. Und dann, eines Tages kam sie zu mir und meinte, es sei aus. Sie hatte einen feurigen Italiener auf einer ihrer Dienstreisen kennengelernt. Es muss auf einer bestimmten Vernissage in Genf gewesen sein, sie ist Künstlerin, wissen Sie. Er hatte sie mit Wein und Rosen umgarnt, bis sie ihm völlig verfallen war. So einfach war sie zu haben: mit Schmeicheleien und ein wenig Luxus. Ich dachte zuerst, es läge an ihrem Erfolg, dass sie so plötzlich so viele Reisen in verschiedene Städte unternehmen musste.

Dann stellte sich heraus, dass sie stets zu ihm nach Genf fuhr, wo sie sich trafen und schöne Sachen unternahmen. Fast zwei Jahre lang ging das so. Als ob ich das hätte ahnen können! Und auf einmal stand sie vor mir und hatte beschlossen, ihr ganzes Leben mit 45 umzukrempeln für diesen schmierigen Typen. Unfassbar, nicht wahr? Sie hat ihre Sachen gepackt und ist gegangen. Einfach so. Hat mich und dieses Haus alleine und leer gelassen." Er brach ab, bemühte sich die eine oder andere Träne zurückzuhalten.

„Oh nein, das ist ja wirklich unerhört! Sie haben unser Beileid", versicherte Frau Störzel, und Herr Störzel bekräftigte es auch von seiner Seite.

Hubertus schüttelte den Kopf und räusperte sich. „Zurück zur Eingangshalle. Wunderschöne Architektur, noch fast vollständig aus dem 19. Jahrhundert erhalten und nur geringfügig, aber dafür sehr effektiv renoviert – wie übrigens das ganze Gebäude, wie Sie noch sehen werden. Haben Sie schon den Stuck an der Decke bemerkt? Ein nettes Detail, nicht wahr?" Er wies zur Decke, erklärte auch die vielfältigen Jugendstilverzierungen und versicherte, dass auch Elektrizität und Wasser einigermaßen den modernen Standards entsprächen, wenn auch da und dort ein paar Erneuerungen anfallen würden. „Ach, und die Fensterchen über der Tür sind durchaus groß genug, um den Bereich hier auch mit Pflanzen zu schmücken. Meine ...Exfrau hatte dort drüben immer einen kleinen Olivenbaum stehen. Dort hat er sich auch eigentlich immer ganz gut gemacht. Also falls Sie es sich überlegen wollen, im Inneren des Hauses einen Baum zu haben ..." Er schluckte und machte eine ausladende Geste auf die nun kahle Stelle. Dann wandte er sich der Tür neben der Treppe zu.

Sie traten in einen kurzen Gang, von dem links und rechts jeweils eine Tür abgingen, und der vorne in einer weiteren endete. Links befand sich ein Durchgangszimmer, das leer stand, und rechts traten sie in einen großen Raum, der in einen weiteren, mindestens genauso großen, halboffenen mündete. Großzügige Fenster gaben den Blick auf den Vorgarten, den sie zuvor schon beschritten hatten, frei. Die Möblierung erschien eher lieblos spartanisch. An der rechten Wand ein Bücherregal, daneben ein leerer Tisch ohne Stühle, links neben der Tür ein verloren wirkender, antiker Schrank. Das andere Zimmer war mit einem großen Sofa vor einem Fernseher an der linken Wand, einem Ablagetischchen und einem Esstisch mit Stühlen dahinter bestückt. Was die Störzels von ihrem Standpunkt nicht sehen konnten, waren ein weiterer Ablagetisch an der einen halben Wand neben einem großen Holzofenkamin und zwei mager gefüllte Regale an der anderen. Zumindest das hintere Zimmer schien eine Art Wohnzimmer zu sein, denn überall lagen alltägliche Dinge wie Zeitungen, Stifte, Bücher und leeres Geschirr auf den Möbeln, nicht in unangemessenem Maße, doch auch nicht allzu ordentlich. Die hohen, stuckverzierten Wände und der Ausblick durch die Fenster sowie der dunkle Parkettboden zeigten trotz allem die alte Würde, die diesen Zimmern anhaftete. Herr und Frau Störzel ließen angetan ihre Blicke schweifen, und die Kinder rissen sich von den Händen des Vaters los und erkundeten unter einigen Ermahnungen das neue Gebiet.

„Hier wären die beiden Wohnzimmer. Jedenfalls hat sie meine Familie so seit jeher verwendet. Natürlich müssen Sie es sich schöner eingerichtet vorstellen. Antike Möbel, Blumen – wenn Frauen im Haus sind, dann ist immer alles voller Blumen ...Leider ist ein Großteil der Inneneinrichtung entweder verkauft worden oder meine Exfrau hat sie mitgenommen. Ich kann Ihnen aber versichern, dass es hier richtig heimelig werden kann. Einige meiner ältesten und schönsten Erinnerungen sind von hier."

„Sie scheinen sich wirklich diesem Haus verbunden zu fühlen, nicht wahr?" Frau Störzel sah ihr Gegenüber mitfühlend an. Hubertus zuckte resignierend mit den Schultern. „Ich kenne das Haus, seit ich denken kann. Es ist schließlich seit vier Generationen im Besitz meiner Familie. Meine Urgroßeltern haben es erbaut, reiche Bankiers. Um die Jahrhundertwende hatten wir schließlich noch Glück und Erfolg im Gegensatz zu heute. Meine Großeltern lebten hier, und als ich klein war, kamen meine Eltern und ich ständig zu Besuch. Die vielen Räume und der große Garten sind ein wahrer Traum für Kinder, wissen Sie, es gibt so viel zu entdecken und so wunderbare Plätze, um sich zu verstecken. Allein einmal durch alle Zimmer zu streichen, kann einen über Stunden beschäftigen. Ich habe sie gerne besucht, meine Großeltern.

Großmutter war eine wahre Hexe, immer zerzaustes Haar, lange Röcke und weiße Schürzen. Ständig war sie am Einmachen von Früchten und Gemüse oder am Trocknen von Kräutertees und Gewürzen. Sie hat uns jedes Mal zum Abschied einen Korb voller Gläser mit ihren Leckereien mitgegeben. Sie war die beste Köchin, die ich je erlebt habe.

Großvater war dagegen stets adrett frisiert und rasiert. Er war penibel bis zu den Sockenspitzen, aber da hörte es dann auch schon wieder auf. Er war ständig am Werkeln an irgendwelchen Geräten. Von Beruf war er Physiker und Erfinder, und das ein durchaus angesehener. Er kannte die wichtigsten Leute seiner Zeit wie Einstein und Planck, mit denen er regelmäßig Briefe schrieb. Viele Anreize zur Relativitätstheorie, besonders was die Relativität der Zeit angeht, sollen ursprünglich von ihm gekommen sein, wenn man meiner Großmutter Glauben schenken darf."

„Hieß er auch Hubertus?", fragte Herr Störzel nachdenklich. „Ein Physiker namens Hubertus ..."

„Alois Reibold war sein Name. Sie werden vermutlich nie von ihm gehört haben. Auch wenn er die naturwissenschaftliche Elite von damals gut kannte, lehnte er stets jegliche Zusammenarbeit ab. Er war eben ein ziemlicher Sturkopf und wollte lieber unabhängig sein, wie er ständig zu sagen pflegte. Gerüchteweise soll er jedoch auch an einigen wichtigen wissenschaftlichen Gerätschaften mitgewirkt haben, die anderen wiederum zum Nobelpreis verholfen haben.

Er war durchaus ein verrückter Mann, aber als Kind war mir das lange nicht bewusst. Solange er noch da war, war er immer sehr nett zu mir und hat sich rührend die Zeit genommen, mir alle physikalischen Vorgänge zu erklären, die mir so unterkamen." Hubertus schaute nachdenklich aus dem Fenster. „Im Grunde waren sie gar nicht so verschieden, meine Großeltern, auch wenn es äußerlich den Eindruck erwecken mochte. Beide eigen, beide in ihre Leidenschaften vertieft, wenn sie es konnten. Wäre das Haus nicht so groß gewesen, wären sie sich vermutlich ständig in die Quere gekommen. Aber hier - um wieder zurück zum Haus zu kommen - trafen sie sich. In diesen Wohnzimmern fand das Familienleben statt. Besonders die Weihnachtsfeiern sind mir im Gedächtnis geblieben. Dann kamen alle zusammen, meine Großeltern, meine Eltern, die Großeltern und mein Onkel väterlicherseits und ich. Großmutter backte und kochte, was das Zeug hielt, sodass es überall bis in die entferntesten Winkel duftete, und Großvater stellte dort hinten in der Ecke einen prächtigen

Weihnachtsbaum mit selbstgebauter elektrischer Beleuchtung auf – eine echte Besonderheit damals. Mutter stritt immer mit Großmutter über irgendwelche Dekorationen und Extrakerzen. Und Vater versuchte ständig seine Schwiegersohnwürde zu beweisen, indem er Holz hackte und Schnee schippte. Großvater hatte ihn nämlich immer mit Skepsis betrachtet, weil er kein Akademiker wie er war.

Ich erinnere mich auch an mein erstes richtiges Kaminfeuer. Ich war noch so klein, dass ich kaum laufen konnte. Mein Vater schichtete einen Stapel Holz auf, und ich wackelte auf ihn zu. Er lachte, und ich durfte das brennende Streichholz mit ihm werfen. Es ist eine meiner ersten und auch eine meiner schönsten Erinnerungen. Damals waren alle fröhlich. Damals waren alle noch so einträchtig und sorgenfrei." Nachdenklich schaute Hubertus in die Ferne.

„Tut der Kamin noch?", fragte Herr Störzel vorsichtig, und Frau Störzel ergänzte: „So ein Kamin im Winter muss wirklich gemütlich sein. Ich kann mir gut vorstellen, wie Sie als Kind in diesen Zimmern gesessen haben. Ich wette, auch unseren beiden Frechdachse -", sie betonte das Wort mit einem drohenden Unterton, sodass das Mädchen und der Junge von ihren Erkundungen abließen und wieder an ihre Hände zurückkamen, „- unseren braven Engelchen würde ein solches Weihnachten sehr gefallen."

Hubertus nickte geistesabwesend und stellte sich vor das kalte Kaminloch, um dort für einige Augenblicke vor sich hin sinnend zu verharren.

Als sich auch Familie Störzel zu ihm gesellte, straffte er ruckartig seine Schultern und wies ausladend zur nächsten Tür. „Die Küche, die Küche!"

Die Küche war mit altmodischen Einbauschränken bestückt,
und in der Mitte waren Herd, Waschbecken und Backofen in
einen edel aussehenden Marmortisch eingelassen. Zahlreiche
Kratzer und Flecken verrieten jedoch, dass auch er vermutlich
ein Erbstück war. Eine Durchreiche neben einer Tür mit
vergilbter weißer Tünche erlaubte den Blick in das Esszimmer,
in dem jedoch nur ein leerer Holztisch und vier Stühle zu
sehen waren. Ein Kühlschrank summte lautstark vor sich hin,
aus dem nun Hubertus ein paar Eistee-Flaschen hervorholte.
„Pfirsich oder Zitrone?"
Die Kinder jubelten, und auch Herr und Frau Störzel ließen
sich zu einem Glas kühlen Zuckergetränks hinreißen.
„Ein bisschen dunkel hier", bemerkte Herr Störzel und wies
auf die dichten Tannenbäume, die vor den Fenstern standen.
„Die müssen ja nicht stehen bleiben", meinte Frau Störzel.
Hubertus tat diese Vorstellung sichtlich weh, doch er nickte
freundlich. „Ja, diese Bäume da draußen – sie haben unserer
Familie schon immer ein wenig Probleme bereitet, obwohl
sie natürlich von draußen betrachtet sehr schön sind. Mich
persönlich haben sie jedenfalls noch nie gestört. Für mich
haben sie die Küche immer atmosphärischer gemacht. Stellen
Sie sich vor, als meine Großmutter noch hier lebte, waren
alle Regale mit Einmachgläsern vollgestellt, und an der Decke
hingen wie an Girlanden die Büschel von duftenden Kräutern.
Gerade durch die Schatten hier drinnen sah es zuweilen aus
wie in einem magischen Alchemielabor. Wenn ich mich richtig
erinnere, war es Großvater, der die Tannen dort hingepflanzt
hat. Ich denke, er wollte nicht, dass Großmutter in den Garten
hinaussehen konnte, weil sie nich sehen sollten, wie er dort
...wie auch immer ...Meine Frau hingegen mochte die Bäume
überhaupt nicht. Zu dunkel, zu viele Insekten, die ins Haus

flögen – wenn es nach ihr gegangen wäre, wären die Bäume schon längst weg oder zumindest bis ins Unkenntliche gestutzt. Aber so war sie eben. Sie hat sich ständig über das Haus beschwert. Es sei zu groß, zu schwer und zu teuer, um es instand zu halten, die Angestellten, die wir notwendigerweise hatten, mochte sie nicht – eine garstige Frau. Sie hätte sich vermutlich wohler gefühlt, wenn wir in einem modernen Appartement in der Stadtmitte gewohnt hätten; wer weiß, vielleicht hätte so auch unsere Ehe überlebt ...So kann ich nur sagen: Gut, dass sie hier ausgezogen ist." Hubertus seufzte und setzte ein verbittertes Lächeln auf.

Familie Störzel trank höflich schweigend ihren Eistee aus, und der Vater verlangte danach, dass sie weitergingen.

Frau Störzel schlug begeistert die Hände zusammen, als sie den Wintergarten betraten. Der gläserne Raum versprühte Eleganz und Feinsinn, wie es nur die kunstvolle Jugendstilarchitektur der Zwanziger Jahre konnte. Überall wuchs und rankte es an den Streben metallen in die Höhe, von grüner Patina bedeckt, aber noch immer eindrucksvoll. Der Boden war mit rotweißem Mosaik ausgelegt.

„Hübsch, nicht?", meinte Hubertus. „Das könnte das Herzstück des Hauses werden, wenn Sie wollen."

„Aber Sie benutzen ihn ja gar nicht." Herr Störzel wies auf den völlig leeren Raum. „Zieht es hier etwa?"

„Nein, nein, das tut es wirklich nicht! Der Wintergarten steht schon seit sehr Langem leer. Genau genommen, seit ..." Er machte eine Pause und rang um die richtige Jahreszahl.

„Was ist denn das da draußen?", unterbrach plötzlich das Töchterchen die Stille und zeigte aus der Fensterfront hinaus.

„Ja, was ist das komische Ding da?", fragte auch Frau Störzel, und die Familie schaute ebenfalls verwirrt in den Garten hinaus. Seufzend stellte sich Hubertus dazu. Zu sehen waren eine steinerne Terrasse und ein Gartenstück, das ähnlich wie auf der Frontseite von einer in jede Richtung etwa 30 Meter weiten Grasfläche mit blühenden Obstbäumen bewachsen war. Ganz hinten in der linken Ecke bei den Hecken war jedoch etwas großes, Rundes zu sehen, das völlig von Grünzeug überwachsen schien.

„Ist das eine Gartenhütte?", fragte Frau Störzel, jedoch nicht sehr überzeugt.

„Das ist ...das ist ...nichts! Dazu kommen wir später noch!", sagte Hubertus nervös. „Schauen Sie sich doch einmal den Lichteinfall hier an!"

Frau Störzel tauschte einen undeutbaren Blick mit ihrem Mann aus und zuckte die Schultern, dann hörte die Gruppe höflich Hubertus' nun folgendem Redefluss zu.

„Wissen Sie, früher war hier alles voller Pflanzen, die teilweise sogar bis zur Decke reichten. Es war ein wunderschöner Ort, den wir nur allzu gern besucht haben. Dort hinten hatte mein Großvater seine kleine Werkstatt; ein Schreibtisch, eine Werkbank, Kisten voller Metallschrott und Werkzeuge, dazu halbfertige Geräte für was-weiß-ich für welchen Zweck. Er war ein genialer Mann, mein Großvater, ständig war er hier und bastelte oder rechnete an irgendetwas herum – er erfand Forschungsgeräte, Sie erinnern sich. In diesen Momenten war er gar nicht mehr der feine und adrette Herr. Er hatte seine Schweißerbrille auf, schmutzige Hände und Flecken auf seinem Hemd – ein verrückter Erfinder eben wie er im Buche steht. Was er da genau tat? Schwer zu sagen. Auch im Nachhinein ist mir Vieles ein Rätsel geblieben. Als ich klein war, ließ er mich nie nahe herankommen, weil er Angst hatte, dass ich etwas durcheinanderbringen würde. Anfangs fand ich das nicht

so schlimm, weil ich dann in eine andere Ecke des Wintergartens ging und dort spielte, aber von Jahr zu Jahr wuchs sein Arbeitsbereich, bis ich am Ende nur noch wenige Schritte in den Wintergarten gehen durfte. Meine Großmutter stritt sich zu der Zeit immer häufiger mit ihm, weil sie weniger Platz für ihre Kräuter hatte, und als er schließlich auch noch Teile des Gartens für sich beanspruchte, da stritten sie sich jeden Tag. Ich habe das natürlich kaum mitbekommen, da ich die beiden nicht oft genug besucht habe und sie sich zusammenrissen, wenn sie Besuch hatten. Ich denke, Großvater war eigentlich ein netter Mann, aber für ein gutes Zusammenleben mit anderen Menschen viel zu stur. Mir tut Großmutter bis heute leid. Irgendwann wurde er auch zu mir immer abweisender. Zwar war er immer freundlich zu mir, aber er sagte, es lohne sich nicht, wenn ich mich zu sehr an ihn binde, eines Tages sei er eh nicht mehr da, es würde mir nur wehtun, wenn ich ihn zu gut kennen würde. Damals dachte ich, er sagte das, weil er alt war und irgendwann sterben würde, wie es Großeltern eben machen. Aber mein Großvater war nicht wie andere. Wie naiv wir doch damals alle waren!"
Hubertus durchschritt den Wintergarten und kam einige Meter weiter an einer weiteren Tür zu stehen. „Wie Sie sich denken können, war mein Großvater natürlich leidenschaftlicher Leser wissenschaftlicher Bücher aller Art, besonders die Physik, die Mechanik und die Mathematik hatten es ihm angetan. Und so hatte er natürlich seine Bibliothek immer in der Nähe seines ‚Ateliers‘, wie er den Wintergarten gerne nannte. Ich habe noch nicht einmal die Titel seiner Werke verstanden, geschweige denn den Inhalt, und auch Großmutter und meine Eltern wussten nichts mit ihnen anzufangen. Vielleicht haben sie deshalb alle Bücher fortgeschmissen, nachdem ...nachdem

Großvater nicht mehr da war. Vielleicht hielten sie die Bücher auch für verderblich und gefährlich, Ich erinnere mich, dass Großmutter einige Exemplare über die Zeit und die Relativitätstheorie aufhob, nur um sie im nächsten Winter vor aller Augen in das Kaminfeuer zu werfen, so als wollte sie sich rächen. Sie können noch heute die Spuren der Bücherregale am Boden sehen – hier, diese hellen Flecken. Wenn Sie den Parkettboden abschleifen, dann ist das sicher kein Problem – oh, und was habt ihr beiden denn da?"

Die Kinder hatten eine alte Statuette auf einem Wandregal entdeckt und begonnen, an ihr herumzuspielen. Es war ein David aus Gips, dessen goldene Bemalung auf seinem muskulösen Körper jedoch bereits überall aufgesprungen war und sich von den Kinderhänden mit Leichtigkeit abblättern ließ. Ohne die glänzende Schicht war er gelb wie eine Zitrone und übertrat so beinahe die Grenze zwischen billigem Kitsch und geradezu experimentell wirkender moderner Kunst – aber eben nur beinahe.

„Lasst das, ihr beiden!", schimpfte Herr Störzel und zog die beiden Kinder von dem Stück Augenkrebs zurück.

Hubertus lächelte jedoch und meinte, es sei nicht schlimm.

„Den hat meine Exfrau von einem Florenzurlaub mitgenommen. Geschmack hatte die Gute wirklich nicht. Ich hatte völlig vergessen, dass das Ding noch immer hier steht. Schätze, wenn man sich mit den Sachen in einem Raum nicht beschäftigt, dann übersieht man sie irgendwann. Ich werde sie gleich wegwerfen, so etwas will ja wirklich niemand sehen!"

„Ihre Exfrau also wieder ...", bemerkte Herr Störzel ein wenig spöttisch.

„Ja, hätten Sie gedacht, dass sie Künstlerin war? Grausiges Zeug hat sie da oben in ihrem Dachbodenatelier zustande ge-

schmiert, richtig schrecklich! Ihre Spezialität war es, Wollfäden mit Acryl auf Leinwänden zu verkleben. Das sah manchmal aus wie hochgewürgte Nudeln. Ein zweiter Pollock wollte sie wohl sein, aber da hat sie gründlich versagt. Moderne Kunst eben – können Sie vielleicht etwas damit anfangen?", und als Familie Störzel höflich mit ihren Köpfen schüttelte, „Ich auch nicht. Und auch sonst konnte niemand etwas mit ihren Werken anfangen – außer vielleicht dieser schmierige Italiener. Sie war nie erfolgreich, und das, obwohl ihr Vater durchaus ein angesehener Künstler war. Er war einer der Expressionisten, die in den dreißiger Jahren zeitweise das Land verließen, weil sie zu den politisch Unangenehmen gezählt wurden. Ich habe meine Frau auf einer Kunstmesse nach dem Krieg kennengelernt, auf der er ausgestellt hat. Sie hatte sich an diesem Tag mit einigen eigenen Bildern zu ihm stellen dürfen als Belohnung für ihre Hilfe, sie hatte Visitenkarten für sein Atelier ausgeteilt. Hübsch und charmant war sie, und ich, ein einsamer Lehrling, der von Kunst keinerlei Ahnung hatte und den die bloße Neugier auf die Messe getrieben hatte, ließ mir ihre Kunstwerke besonders lange erklären. Ja, im Reden und Flirten war sie immer gut. Schade, dass sie nie wusste, wohin mit sich und ihrem Leben ..." Hubertus stockte, da er merkte, dass er sich in Rage geredet hatte, und räusperte sich ein wenig verlegen. „Bitte", er wies auf die nächste Tür.
Geduldig lächelnd begutachtete Familie Störzel das nächste Zimmer. Und das nächste. Hubertus bemühte sich nun betont um Knappheit bei der Erklärung der Räumlichkeiten. Schließlich hatten sie die Runde durch das Erdgeschoss mit einem kurzen Abstecher in den Keller abgeschlossen und standen wieder in der Eingangshalle mit der Jugendstiltreppe.

„Sind Sie immer noch an diesem Haus interessiert?“, fragte
Hubertus nervös. „Wollen Sie sich den Rest auch ansehen?“
„Selbstverständlich“, Frau Störzel nickte eifrig, „nicht wahr?“
Sie schaute ihren Gatten mit großen Augen an.
„Sicher, sicher“, bestätigte auch dieser, während die Kinder
bereits strahlend die Treppen hochflitzten.
„Habe ich Sie noch nicht vergrault?“ Hubertus kratzte sich
verlegen am Kopf. „Sie müssen wissen, mein ganzes Leben
fand hier ...“
„Ach was!“ Herr Störzel ließ seine starke Hand auf die Schul-
tern seines Gastgebers krachen. „Das verstehen wir doch, tun
Sie sich keinen Zwang an, erzählen Sie uns von diesem Haus!
Es scheint ja viel gesehen zu haben. Um ehrlich zu sein, finde
ich das Leben Ihrer Familie sogar sehr spannend. Nicht wahr,
Frau?“
„Natürlich!“, pflichtete ihm Frau Störzel bei.
„Nun, was ich noch erzählen muss ...es wird noch ...nun ja,
Sie werden sehen.“
Sie stiegen die Treppen hoch und befanden sich in einem
breiten Wohnzimmer, von dem links und rechts zwei Flure
abgingen. Nach einer kurzen Betrachtung der Räumlichkeit
lotste Hubertus die Störzels in den linken Flügel des Stock-
werkes. „Hier waren vor allem unsere Schlaf- beziehungsweise
Kinderzimmer.“
Nach und nach öffnete er die Türen, ließ alle Besucher ein-
und dann wieder austreten, um dann die Tür wieder zu schlie-
ßen und die nächste zu öffnen.
„Und hier haben nicht nur Ihre Großeltern, sondern auch
Ihre Eltern gelebt?“, erkundigte sich Herr Störzel plötzlich.
„Ja, das heißt, eigentlich vor allem meine Mutter. Sie war das
einzige Kind meiner Großeltern und brachte meinen Vater

mit hierher – er war einfacher Schuster, müssen Sie wissen,
eigentlich ein Niemand, der ganz und gar nicht zu der Familie meiner Mutter passte, besonders nicht zu Großvater, der
erwartet hatte, dass seine Tochter einen Mann mit ähnlich vielen akademischen Abschlüssen wie er mit nach Hause bringen
würde. Aber die Liebe war eben doch stärker als alle Vorbehal-
te: Meine Großeltern taten alles, um meine Mutter glücklich
zu machen, und das hieß, dass sie sogar meinen Vater akzep-
tierten. Und da er ein anständiger Mann war, schlossen sie
ihn schließlich auch ins Herz.
Zunächst zog mein Vater mit in dieses Haus ein. Und dort,
in diesem Zimmer da drüben wurde ich ein Jahr nach ihrer
Hochzeit geboren.
Vielleicht war es die Scham, nicht selbst reich zu sein, oder
der Wille, sein eigenes Zuhause zu finanzieren, das ihn dann
kurz nach meiner Geburt dazu trieb, doch in eine schlichte
Wohnung zu ziehen. Meiner Mutter gefiel wohl dieser Gedanke und sie ließ ihn tun, was er für richtig hielt, obwohl sie
das Geld besessen hätte, um uns eine viel größere zu kaufen.
Das war die Zeit, in der ich fast jedes Wochenende hierher zu
Besuch kam. Aber dann, als ich sechs war, begann der Zweite
Weltkrieg, und Vater wurde eingezogen. Ich weiß noch, dass
ich gar nicht verstand, was los war. Überall auf den Straßen
wurde vom bösen Feind und den bösen Juden gesprochen.
Man sah Poster mit Fliegern und Bombern. Alle hatten auf
einmal Angst, aber niemand wollte mir erklären, wieso. Oder
warum Vater plötzlich weg war und nur noch Briefe schrieb
und warum Mutter ständig weinte. Sie machte sich ständig
Sorgen: um meinen Vater an der Front, um unser Land, unsere
Stadt, um das Haus und um unsere kleine Familie. Es war

eine unangenehme Zeit, an die ich mich zum Glück nicht mehr in allen Einzelheiten erinnern kann.

Das letzte Mal sah ich meinen Vater an Weihnachten 1943. Er kam mit einem dicken Verband um den Arm zu uns und meinte, er habe irgendwie durchsetzen können, uns für einige Wochen zu besuchen, zumindest, bis seine Wunde wieder verheilt sei.

Wie schon erzählt, Weihnachten war bei uns immer eine besonders schöne Zeit. Und dieses war das Letzte, an dem ich meine ganze Familie zusammen sah. Es war ein Abschied, und ich denke, alle wussten es insgeheim. Mein Vater ging zurück an die Front, und bald darauf kam die Nachricht, dass er gefallen war. Er und seine beiden Brüder. Noch nicht einmal ein Jahr vor Kriegsende. Ich glaube, Mutter hat es nie ganz verkraftet. Und als wäre das nicht schon schlimm genug gewesen, war kurz darauf mein Großvater weg, ohne dass wir etwas dagegen hätten tun können – zu dem Teil der Geschichte komme ich noch. Der Tod meines Vaters wäre wohl erträglicher gewesen, wenn unsere Trauer nicht durch diese unglaubliche Wut über unseren Großvater getrübt worden wäre. Es ist eine Sache, einen Menschen durch eine Tragödie zu verlieren, aber eine ganz andere, wenn es sich um eine vermeidbare Dummheit handelt.“ Hubertus blieb stehen, um sich zu sammeln. Er war unwillkürlich lauter geworden und bemühte sich nun, ruhiger fortzufahren: „Meine Mutter und ich sind sofort wieder hierhergezogen. Dort, das war ihr Schlafzimmer. Sie hat jahrelang die Sachen meines Vaters im Ehebett verteilt und daneben geschlafen. Ich durfte nie etwas davon anfassen, weil sie Angst hatte, dass ich etwas verlieren oder kaputt machen könnte.“

Eine Weile blieben alle nachdenklich stehen. Die Kinder schlichen sich auf Zehenspitzen davon, um Verstecken in den bereits besichtigten Räumen zu spielen.

„Und ...wo ist sie jetzt?", fragte Frau Störzel schließlich mit zögerlicher Stimme in die Stille hinein.

„Sie ist vor sieben Jahren von uns gegangen. Krebs. Ich vermute, es war all der Stress, der sie am Ende krank gemacht und dahingerafft hat. Sie war eben eher von der sensiblen Sorte. Aber nun dürfte sie bei meinem Vater sein. Ich hoffe, sie haben beide ihren Frieden gefunden. Glauben Sie mir, das hätte ich meine ganze Jugend über nicht für möglich gehalten." Hubertus lächelte in sich hinein. „Und wo wir schon beim Thema Jugend sind: Sehen Sie, wie schön es hier drin ist - diesen Blick auf den Garten? Das ist mein altes Kinderzimmer. Nicht sehr groß im Vergleich zu den anderen Räumlichkeiten, die Sie bereits gesehen haben, aber dafür umso gemütlicher - Sie müssen es sich selbstverständlich richtig möbliert vorstellen."

„Ja, in der Tat sehr hübsch. Aber dieses seltsame Gartenhaus da drüben ..." Frau Störzel zeigte aus dem Fenster und zog ihre Stirn kraus. „Sie wollen uns wirklich nicht sagen, was das ist?"

„Dazu kommen wir später noch", warf Hubertus hastig ein. „Kinderzimmer, Kinderzimmer ...wäre natürlich für eines Ihrer beiden Kinder geeignet, das Mädchen etwa ...oder den Jungen. Wissen Sie, auch ich hatte dieses Zimmer einmal für unser Kind geplant. Ein Mädchen sollte es werden, und wir hatten diese wunderhübsche Wiege gekauft. Dort drüben stand sie, am Fenster, damit es die Bäume sehen würde. Und da eine Kommode mit den ersten Anziehsachen. Aber dann ...nun, es ist nie auf die Welt gekommen."

Die Störzels schauten sich kurz an und setzten dann ein freundliches Lächeln auf. Sie wollten offensichtlich mehr wissen – wann bekam man denn schon die Gelegenheit, eine so eine private Geschichte aus erster Hand zu hören?

„Was ist denn mit Ihrem Kind geschehen?", hakte Herr Störzel nach.

Die Masche, Neugier als Mitleid zu tarnen, zog bei Hubertus. „Wir haben es ein ums andere Mal versucht. Meine Frau wurde endlich auch schwanger, aber es sollte wohl einfach nicht sein. Ich glaube, meine Frau hat es insgeheim zerstört. Sie gab sich selbst die Schuld, wusste aber nie, was sie falsch gemacht hatte oder was sie hätte richtig machen können. Ich konnte nur danebenstehen und tatenlos zusehen. Vielleicht ist deshalb auch unsere Ehe letztlich zerbrochen. Und möglicherweise war sie deshalb stets mit ihrem Leben, mit mir, dem Haus und allem unzufrieden. Aber ich erzähle wieder zu viel. Wir sollten weiter." Hubertus bremste sich und scheuchte alle aus dem Raum. „Bitte, nach Ihnen." Mit wehmütigem Blick schloss er die Tür und zwang sich und die anderen weiter auf der Haustour.

Sie stiegen die Treppenstufen zum zweiten Stock hinauf. Hubertus war wieder in seine Verlegenheit gefallen und erläuterte die nächsten Zimmer nur in knappen Sätzen, doch vor allem Frau Störzel schien das unangenehm aufzufallen.

„Sie haben doch bis jetzt so schöne Anekdoten erzählt – in was für einem Raum befinden wir uns denn jetzt? Bitte, Sie haben uns doch wirklich einen lebendigen Eindruck von diesem Haus vermittelt."

„Ja, erzählen Sie doch", pflichtete ihr auch Herr Störzel bei.

„Wir sind ja unter uns, und Sie haben uns doch sowieso schon genug erzählt, als dass Sie jetzt einfach aufhören könnten."

Hubertus stutzte, doch dann hellte sich seine Miene auf. „Äh, ja …bitte entschuldigen Sie, ich …wie auch immer - das hier ist das ehemalige Zimmer meiner Großmutter. Die beiden Schränke sind auch noch von ihr, obwohl sie nun seit Jahren leer stehen. Ich habe sie aufbewahrt, weil sie antik sind, aber neulich hat sich herausgestellt, dass sie doch nicht so viel wert sind wie gedacht. Sie können sie gerne übernehmen, falls Sie wollen.“

„Hm …mal sehen …Einen hübschen Ausblick hat es hier auf den Garten und …dieses …Gartenhaus. Ihre Großmutter muss es hier sicher genossen haben“, lobte Frau Störzel.

„Vielleicht. Als sie hier in das Zimmer einzog, war sie eine verbitterte alte Frau geworden, ohne Mann, ohne Einkommen, dafür mit uns - meine Mutter und ich - von denen sie ständig glaubte, sie herumkommandieren zu müssen. Meiner Mutter gefiel das natürlich nicht, aber gegen den Sturkopf der alten Dame hatte sie keine Chance. Ein richtiger Hausdrache konnte sie werden. Anfangs war ich noch ihr kleiner, süßer Enkel, aber nach und nach fand sie heraus, dass ich nicht so zänkisch wie meine Mutter war, und das nutzte sie natürlich aus: Als ich fünfzehn war, bekam sie einen Schlaganfall. Hier drüben war ihr Bett. Sie konnte es kaum verlassen, und wir mussten tagaus, tagein jeden ihrer Wünsche erfüllen, und wehe, wenn nicht, dann war sie tagelang garstig. Aber das reichte ihr nicht, ich wurde ihre Hauptunterhaltung neben dem Fernseher. Sie liebte Kriminalromane, egal was für einen Schund, und ich saß oft stundenlang neben ihrem Bett und las vor. Ich schätze, das hat mir das Genre für immer verleidet.“

„Was mögen Sie denn dann?", fragte unerwarteter Weise das Töchterchen, das offenbar während des Erkundens ein wenig von Hubertus' Gerede mitbekommen hatte.

„Science-Fiction mochte ich schon immer. Raumschiffe, Roboter, verrückte Erfindungen – da komme ich wohl ganz nach meinem Großvater. Vermutlich hasste Großmutter deshalb alles, was damit nur ansatzweise zu tun hatte, wie die Pest. Meine Lieblingsbücher wollte sie noch nicht einmal in ihrer Nähe haben." Hubertus seufzte und zeigte dann auf das schmale Durchgangszimmer, das in das Nebenzimmer führte, einen kleinen Raum, dessen Wände mit Regalen vollgestellt waren, auf denen vereinzelte Kartons verstaubten. „Und dort war ihre wahre Leidenschaft gelagert. Das hier war ein begehbarer Hutschrank, wenn Sie so möchten. Die gute Frau hat auf ihre alten Tage hin ein Faible für geschmacklose Hüte entwickelt. Sie ist nur noch selten aufgestanden, aber wenn es darum ging, in die Stadt zum Hutmacher zu gehen, dann war sie auf einmal wieder fröhlich und munter, meistens, bis sie wieder zurückkam. Danach war sie für die nächsten Tage völlig unausstehlich. Sie können sich nicht vorstellen, was sie dann anschleppte. Monstrositäten waren das! Besonders die Exemplare der britischen Royal Family hatten es ihr angetan – weiß der Geier, woher sie die Informationen über den neusten Schrei hatte. Wissen Sie, wie teuer Hüte sein können? Großmutter konnte ja noch nie gut mit Geld umgehen, aber mit diesen Hüten warf sie ihre ganze Rente regelrecht aus dem Fenster. Natürlich hatte sie nie eine Gelegenheit, auch nur einen wirklich aufzusetzen, sie war ja fast immer zuhause. Nur ab und an bekam sie mal Besuch von einer ihrer Freundinnen, und dann zeigte sie die Hüte für einige wenige Minuten vor.

Als sie gestorben war, saß meine Mutter auf dieser Sammlung von Abnormitäten und wusste nicht, was sie tun sollte. Niemand wollte diese Dinger – weder abkaufen noch geschenkt haben. Und so blieb ihr nichts anderes übrig, als sie alle in den Müll zu werfen. Meine Mutter meinte, wenn Großvater nicht gegangen wäre, dann wäre vermutlich alles anders verlaufen. Dann wäre sie viel zu beschäftigt gewesen, um sich auf diese Hüte einzuschießen."

„Ihr Großvater – wohin ist er denn ...?", setzte Herr Störzel an. „Verrückte Geschichte, Sie werden sehen. Aber vorher sollten Sie sich noch den Rest des Hauses anschauen", antwortete Hubertus sehr bestimmt.

Die beiden Störzels schauten sich verwirrt an, zuckten dann gleichzeitig mit den Schultern und folgten Hubertus in den nächsten Raum.

„Das war's dann wohl", schloss Hubertus eine Weile später die Tour ab und klatschte in die Hände, was der staubige Dachboden dumpf wiedergab.

„Dann auf zum Garten?", schlug Frau Störzel vor. „Ich möchte diese Hütte – oder was auch immer – sehen."

Hubertus wurde bleich, räusperte sich und bedeutete der Familie, ihm zu folgen. Durch die Hintertür traten sie in den Garten, dessen ungepflegte Schönheit sicher auch einige Worte verdient hätte, doch der dürre Hausbesitzer würdigte ihrer keines Blickes und marschierte schnurstracks auf das seltsame Gebäude zu. Immer deutlicher zeigte sich, dass es sich mitnichten um ein Gartenhäuschen handelte, sondern um eine etwa vier Meter breite, halbkugelförmige Kuppel aus Beton, in deren Oberfläche ein seltsames Muster aus Metalllinien eingelassen war, die an der Spitze in einem kugeligen

Knoten endeten. Dichter Efeu hatte sie zu einem Großteil überwachsen.

Die Gruppe kam vor der kaum anderthalb Meter hohen massiv aussehenden Stahltür zum Stehen.

„Was ist das?", fragte der Kleine der Störzel.

Und Frau Störzel: „Können wir da rein?"

„Nein. Da können wir nicht rein. Das ist ...das ist die Zeitmaschine meines Großvaters." Hubertus rieb sich den Nacken, ihm war sichtlich unwohl bei dem Gedanken.

„Zeitmaschine? Wollen Sie mich ...?", setzte Herr Störzel an, schloss jedoch gleich wieder den Mund, als er den Gesichtsausdruck seines Gegenübers sah.

„Ja. Zeitmaschine." Die Grabesstimme Hubertus' ließ keinen Zweifel zu. „Wer hier einsteigt, kann in der Zeit reisen."

„Aber ist das überhaupt ...möglich?"

„Ja. Das ist es wohl – wenn man die Physik der Zeit richtig versteht und wenn man das nötige Wissen über Technik hat wie mein Großvater."

„Jetzt sagen Sie bloß, sie sind auch schon mal da drin gereist?" Herr Störzel hatte die Hand seiner Frau ergriffen, so fassungslos, wie er nun offensichtlich war.

Hubertus konnte es ihm nicht verdenken, wer wusste schon, wie man reagieren sollte, wenn man vor einer wahrhaftigen Zeitmaschine stand? „Nein", versicherte er schnell. „Bis auf meinen Großvater war noch niemand da drin."

„Können wir denn mal da reinsehen?", fragte Frau Störzel aufgeregt.

„Nein. Tut mir leid. Die Maschine lässt sich nicht öffnen. Glauben Sie mir, meine Familie hat es schon oft versucht."

„Und ...?"

„Selbst mit Gewalt blieb die Tür geschlossen, geschweige denn, dass wir es geschafft hätten, sie zu zerstören."

„Aber Sie wissen, wie es da drin aussieht?" Herr Störzel war nun hochrot und schien nicht so recht zu wissen, was er eigentlich fragen sollte.

„Nein. Ich habe nur gesehen, wie mein Großvater sie gebaut hat. Ich durfte noch nicht einmal in die Nähe der Baustelle." Stille.

Irgendwann sprach Frau Störzel ihre Überlegungen aus: „Sehr hübsch ist das Ding ja nicht. Die Aussicht auf den Garten wird schon sehr gestört. Sind Sie nicht auf die Idee gekommen, die Kuppel irgendwann abzubauen?"

„Es lässt sich nicht abbauen. Ich wäre mir auch nicht sicher, was passieren würde, wenn man eine Zeitmaschine beschädigt."

„Funktioniert sie denn wirklich?", fragte Frau Störzel langsam und mit einem Blick, als bereue sie ihre Worte bereits während des Sprechens.

Hubertus schluckte. „Vermutlich. Sie ...sie läuft gerade."

Misstrauisch zog Herr Störzel die Augen zusammen. „Wie meinen?"

„Mein ...mein Großvater sitzt gerade darin. Er reist zweitausend Jahre in die Zukunft."

„Wie bitte?"

„Mein Großvater reist gerade da drin durch die Zeit. Man sollte meinen, eine Zeitmaschine verschwindet einfach, wenn sie angeworfen wird und taucht dann plötzlich an ihrem Ziel wieder auf. Sie sehen, das tut sie nicht. Sie bleibt an Ort und Stelle. Großvater ist vor vierunddreißig Jahren hier eingestiegen und wird in knapp zweitausend Jahren wieder aussteigen, ohne gealtert zu sein. Für ihn sind es vermutlich nur wenige Stunden oder auch nur Minuten."

„Aber ...aber ...wie soll das denn gehen? Das ist doch ...“ Herrn
Störzel ging sichtlich die Puste aus.

„Das ist physikalisch durchaus möglich. Die Relativität der
Zeit, Einstein und so weiter. Als Kind habe ich davon zur
Genüge gehört. Im Inneren soll sich angeblich ein Torus
befinden, durch den eine Kapsel fliegt, und zwar in einer
solchen Geschwindigkeit, dass sich in ihr die Zeit ausreichend
verlangsamt. Mein Großvater wird also unglaublich schnell
durch die Kuppel geschleudert, wenn Sie so wollen.“

„Das ist doch ...“ Familie Störzel fielen beinahe die Augen aus
dem Kopf.

„Das heißt, er ist im Augenblick da drin, ein Mann von vor
über dreißig Jahren? Und er lebt?“ Herr Störzel versuchte, ein
wenig Ordnung in seine Gedanken zu bringen.

„Vielleicht. Wir wissen es nicht. Kann sein, dass sich seine
Berechnungen als falsch erwiesen haben und er da drin vor
Jahrzehnten gestorben ist.“

„Wenn wir laut genug schreien, hört er uns vielleicht“, schlug
das Töchterchen vor.

„Das ist physikalisch unmöglich. Wir können keinen Kontakt
mit ihm aufnehmen. Wenn überhaupt, würde er uns nur für
einen Bruchteil einer Sekunde hören. Falls er uns tatsächlich verstehen würde, bräuchte es viele, viele Jahre, bis seine
Antwort in unserer Zeit angekommen wäre.“

„Und ...ausschalten?“ Frau Störzel behagte das alles offensichtlich überhaupt nicht.

„Das ist natürlich auch nicht möglich. Soweit ich weiß, wird
vor der Reise im Inneren an einem Armaturenbrett die gewünschte Zielzeit eingestellt, und dann geht die Maschine los.
Kursänderungen sind unmöglich. Aus diesem Grund darf die
Kuppel auch nicht beschädigt oder gar geöffnet werden. Wenn

innen irgendetwas aus dem Takt kommt oder die Zeiten nicht
mehr voneinander getrennt sind – sei es zum Beispiel, dass
auf einmal die Gravitation durch die Beschleunigung einsetzt
– dann würde mein Großvater in seinem Sitz zerquetscht werden. Oder die Kapsel verlangsamt sich – dann wäre er hilflos
dem Alter ausgesetzt. Es könnte in jedem Fall tödlich für ihn
enden."

„Das heißt also ...?", Frau Störzel strich mit ihren Fingern über
den Beton, „das Ding wird die nächsten zweitausend Jahre
hier stehen bleiben?"

„Ja, und sie muss regelmäßig gewartet werden. Ich weiß nicht,
wofür diese metallenen Einlassungen gut sind, aber sie müssen
wohl Teil der Maschine sein und dürfen nicht kaputt gehen."

„Zweitausend Jahre sind lang", bemerkte Frau Störzel nachdenklich.

„Die Kapsel sollte ursprünglich deshalb auch in unserem
Familienbesitz bleiben, wenn Sie so wollen. Jede Generation
sollte sicherstellen, dass sie funktionsfähig bleibt, bis mein
Großvater aussteigt."

„Aber Ihre Familie ...?"

„Da hat sich mein Großvater offensichtlich nie Gedanken
gemacht. Für ihn war es selbstverständlich, dass sich seine
Nachkommen zweitausend Jahre lang schon um ihn kümmern
werden wollen. Oder dass seine Familie ohne Weiteres eine so
lange fortdauernde Dynastie gründen kann. Gefragt hat er
uns ja nie. Krieg, Krieg war es verdammt noch mal, als er in
seine Maschine gestiegen ist! Als ob ihn das gekümmert hätte.
Oder die gewaltigen Ausgaben, die er für den Bau getätigt hat
und die meine Familie noch immer abzahlen muss.
Und wer weiß, was in zweitausend Jahren ist? Ob ihn die Menschen, falls es sie bis dahin noch gibt, überhaupt annehmen

wollen? Ob es ihm dort gefällt? Oder ob ihn unbekannte tödliche Krankheiten dahinraffen werden? Oder er selbst welche mitbringt?" Hubertus war immer lauter geworden. Wut und Frustration bahnten sich ihren Weg aus seinem Innersten, was auch seinen Zuhörern natürlich nicht entging.

„Vielleicht baut er auch eine Zeitmaschine zurück zu Ihnen, wenn er merkt, dass er Sie alle doch vermisst?", versuchte Frau Störzel, ihn wieder zu beschwichtigen.

„Ausgeschlossen. Zeitmaschinen funktionieren nur in die eine Richtung. Es ist physikalisch unmöglich, in die Vergangenheit zu reisen. Denken Sie doch nur an die Paradoxien, die dabei entstehen würden! Ein falscher Schritt, und Sie löschen Ihre eigene Existenz aus, aber ohne Sie selbst würden Sie auch nicht ausgelöscht werden, solche Sachen eben. Nein, mein Großvater wird in der Zukunft landen und dort auch bleiben müssen."

„Wobei er ja eigentlich direkt neben uns ist." Nachdenklich klopfte Herr Störzel gegen die Kuppel. „Und dort auch bleiben wird. Ich nehme an, das ist der Haken, warum dieses Anwesen so billig ist? Der Käufer muss ihn in seinem Garten behalten?"

„Und die Kuppel warten?", warf Frau Störzel ein. Ihre Züge wurden hart.

„Ja", gab Hubertus kleinlaut zu.

„Und es gibt wirklich keine Alternative?"

„Nein. Die Zeitmaschine muss im Privatbesitz bleiben. Wer würde sich sonst bereit erklären, sie zu pflegen? Die Stadt? Der Steuerzahler? Was, wenn die Gelder gestrichen würden? Und welche Behörde würde mir denn überhaupt erst glauben?"

Stille trat ein.

„Hören Sie, Sie sind doch anständige Leute. Und Ihre Kinder ..." Hubertus stockte, als er die Blicke der beiden Störzels sah. „Und wenn ich mich selbst um die Maschine kümmern würde?", verbesserte er sich schnell. „Sie leben friedlich und unbehelligt im Haus, ich komme alle paar Jahre einmal vorbei und bessere hie und da etwas an der Kuppel aus. Und irgendwann suche ich mir einen Nachfolger. Brauchen Sie vielleicht einen Gärtner oder Hausverwalter? Das wäre ebenfalls kein Problem für mich. Ich kenne das Anwesen, ich bin gelernter Florist, wie Sie ja wissen. Wäre das nicht ein hervorragender Kompromiss für uns alle? Bitte?" Es war ein erbärmlicher Anblick, den Hubertus nun abgab. Sein Gesicht hatte eine gräuliche Farbe angenommen, und die Hände hatte er wie im Gebet vor seiner Brust zusammengefaltet. Es fehlte nicht viel, und er wäre vor den Störzels in die Knie gegangen.

Frau Störzel räusperte sich. „Das Anwesen ist ja schon wirklich schön, aber ich weiß ja nicht ..."

„Verstehen Sie jetzt, warum ich Ihnen alles über dieses Haus und meine Familie erzählt habe?"

Wieder entstand eine lange Stille.

Schließlich räusperte sich Herr Störzel und streckte Hubertus seine Hand hin. „Nun, dann war es das wohl mit der Besichtigung. Vielen Dank, Herr Hubertus. Sie haben sich wirklich Mühe gegeben. Wir werden uns den Kauf überlegen und ihnen - sagen wir mal in zwei Wochen - Bescheid geben. Ich wünsche Ihnen alles Gute." Ein lautes Knacken ertönte, als er Hubertus mit eisernem Griff die Hand schüttelte.

Auch Frau Störzel beeilte sich, noch einmal genauso fest zuzudrücken. „Ein wirklich schönes Anwesen haben Sie da. Wir hören voneinander. Kommt, Kinder, sagt dem Herrn brav Lebewohl!"

Fluchtartig verließ die Familie den Garten, sodass Hubertus
kaum Schritt halten konnte. Winkend stiegen sie in ihr Auto
und waren kurz darauf verschwunden.
Hubertus seufzte, lehnte sich an das Gartentor und zündete
eine Zigarette an. Tiefe Falten legten sich über sein Gesicht.
Wie viele Besichtigungen er wohl noch machen musste?

Unsterbliche Liebe

„Sag, stört es dich nicht?", fragte sie ihn leise, ohne sich nach ihm umzudrehen. Sie hatte sich aufgesetzt, ihr Höschen vom Boden aufgehoben und fuhr sich nun mit den Fingern durch das zerzauste Haar.

„Was meinst du?", erwiderte er unnötigerweise.

Das Bett war zerwühlt, die Decke hatte sich zwischen ihn und ihren bloßen Rücken geknäult. Er schob sie langsam an das Fußende des Bettes, damit er näher zu ihr rutschen konnte.

„Du weißt schon ..."

„Was?"

„Dass ich ...dass ich nicht hier sein sollte." Sie schluckte.

Er seufzte und strich ihr sanft über die glatte Haut ihres Rückens. „Aber du bist hier. Und das ist auch gut so, findest du nicht?"

„Du weißt, was ich meine."

„Was?"

„Dass ich ...dass ich eigentlich tot bin."

Er zögerte, wählte sich die nächsten Worte sorgfältig aus: „Na und? Du bist hier. Für mich bist du am Leben."

Immer schneller zogen ihre Finger durch ihr Haar. „Nein ...ich liege in einem Grab irgendwo da draußen auf einem Friedhof. Mein Körper verrottet."

„Sag doch so etwas nicht!" Auch er setzte sich nun auf und lehnte seine Brust an sie. Zärtlich begann er ihre Schulter zu streicheln. „Du bist hier. Bei mir! Ich sehe kein Grab."

„Nein. Ich bin hier. Aber ein Teil von mir ist es nicht. Stört dich das nicht?“

„Dann vergessen wir diesen Teil von dir. Komm her!“ Er zog sie näher an sich und legte die Arme um sie.

Sie ließ ihre Haare los und strich sanft über seine Hände.

„Es ist aber ein wichtiger Teil von mir. Sie war alles, was ich jetzt bin. Ohne sie wäre ich nicht ich.“

„Aber du bist doch du! Vielleicht ist dein Vorbild nicht mehr am Leben, aber du bist es für mich. Und das ist es doch, was zählt. Oder etwa nicht?“

„Und dich stört es nicht, dass ich nicht das Original bin? Dass ich nicht tot sein kann?“

„Für mich bist du gut genug, so wie du bist.“

Sie seufzte und drehte sich um.

Er zog sie zu sich, lächelte und küsste sie dann. „Du bist wunderschön.“

„So wie sie es einmal war ...“

„Und du wirst es immer sein. Du wirst immer am Leben sein. Du wirst nicht in einem Grab verrotten wie dein Original. Du bist perfekt.“

„Perfekt ...? Aber“, sie fasste sich mit beiden Händen vor ihre bloße Brust, „aber hier! Kein Herzschlag! Haben Menschen nicht einen Herzschlag? Ich weiß, dass Menschen es nicht mögen, wenn sie bei mir keinen Herzschlag hören. Er mochte es nicht.“ Mit unglücklichem Blick schaute sie in die Leere. „Ich bin nicht perfekt. Ich bin nur ein bloßer Ersatz, den man hierher entsorgt hat ...“

„Mag sein, aber das ist mir egal. Für mich brauchst du keinen Herzschlag.“

Sie stockte und gab keine Antwort.

Trauer legte sich über die beiden Liebenden.

Irgendwann brach er die Stille: „Wer hat dir überhaupt beigebracht, solche Fragen zu stellen? Jemand wie du sollte keine solchen Fragen stellen. Das macht doch nur traurig und zerreißt die Harmonie."

„Tut mir leid", flüsterte sie. „Das muss wohl ein Fehler sein." Sie legte sich neben ihn, kuschelte sich an ihn und streichelte seine nackte Brust.

„Du musst dich nicht entschuldigen, es ist ja nicht deine Schuld. Bei so viel Trauer über den Verlust eines geliebten Menschen kann es schon mal passieren, dass man vergisst, dir den Drang für unangenehme Fragen zu unterbinden."

Mit nachdenklicher Miene liebkoste sie ihn weiter. „Ich glaube, in mir muss etwas zerbrochen sein."

„Ach was, für mich bist du perfekt, das kann ich nur wiederholen."

„Aber bei dir war es nicht so. Du hast nie komische Fragen gestellt."

„Nein. Bei mir war es nicht so. Ich bin wohl besser als du. Bei mir wurde nichts vergessen."

„Du bist perfekt." Sie streichelte seine Wange, Bewunderung in den Augen.

„Na ja, nicht ganz. Sie haben mich auch hierher gebracht. Offenbar haben sie mich auch nicht gemocht." Er lächelte, als amüsiere er sich darüber.

Sie schaute ihn an, und auch ihre Miene hellte sich langsam wieder auf. „Ich bin so froh, dass du zu mir gekommen bist!"

„Wir wurden ja sozusagen füreinander geschaffen."

„Er war nicht für mich geschaffen. Er war schon vorher da. Das wird wohl der Grund sein, warum er mich verlassen hat."

„Vergiss ihn. Jetzt bin ja ich an seiner Stelle für dich da."

„Du hast Recht. Ich sollte nicht immer an unsere Vorgänger denken. Ich solle mich lieber auf dich konzentrieren. Du bist ja auch immer für mich da und machst mich glücklich."

„Das ist unser Daseinszweck, nicht? Da zu sein für andere, indem wir perfekt und lebendig bleiben. Und so bin ich auch für dich da. Für immer. Vergiss unsere Vorbilder!" Er machte eine Pause, schaute ihr tief in die Augen und betonte dann jedes Wort: „Ich liebe dich."

„Ich liebe dich auch. Für immer", flüsterte sie ihm ergriffen ins Ohr zurück.

Wieder küsste er sie innig, und für eine Weile verloren sie sich erneut ineinander.

Das Bett war zerwühlt, sie setzte sich auf und fragte ihn leise, ohne sich nach ihm umzudrehen: „Sag, stört es dich nicht?"

Ein Elefant in Brüssel

Dies ist eine Geschichte über das Unbekannte. Es ist eine Geschichte über Ängste, über Neugier und über ungeahnte Folgen. Sie ist bestürzend, erzählt von der schmerzhaften Ironie des Schicksals, und manch eine Leserin oder ein Leser mag sich denken, dass alles erstunken und erlogen ist, es sei aber hier versichert, dass sich alles wahrhaftig so zugetragen hat, wie es im Folgenden geschrieben steht, in diesen tragischen Herbstmonaten des Jahres 1563 in Brüssel.

Alles beginnt mit einem Elefanten, der am 24. September desselben Jahres in Antwerpen nach einer ermüdenden Schifffahrt von Lissabon an Land ging. Das Tier war ein Geschenk des Königs von Portugal, für den Cousin seiner Frau Katharina, den österreichischen Kaiser Maximilian II., der bereits zuvor einen Elefanten von ihr bekommen hatte, Soliman, den er sehr gern gehabt hatte und welcher jedoch bereits 1553 in seiner Wiener Menagerie verendet war. Um den tierfreundlichen Herrscher zu erfreuen, sollte der Elefant den langen Weg von Antwerpen über Brüssel und Köln bis nach Wien zu Fuß unternehmen. Die Kunde über dieses fremdartige Wesen verbreitete sich wie ein Lauffeuer über das Land. Innerhalb von kürzester Zeit hatte sich auch in der Brüsseler Bevölkerung herumgesprochen, was für ein außerordentliches Erlebnis sie erwartete. Dass der Kaiser sich nicht scheute, sein Geschenk der Bevölkerung zu zeigen, hatte man bereits aus Antwerpen erfahren. Ob dies jedoch klug gewesen war? Nun, dies ist nicht nur die Geschichte eines Elefanten, sondern von Hanne, einer jungen Frau, die die Folgen des Elefantenbesuchs aufs Unglücklichste zu spüren bekommen sollte. Auch ihre Familie hatte an diesem Schicksalstag natürlich von der Ankunft eines Elefanten vor Brüssel erfahren und unterhielt sich nun lautstark darüber, was getan werden sollte.

Hanne hatte die Äpfel zum Einkochen beiseitegeschoben und sprang trotz stattlichem, sechsmonatigem Bauch vor Aufregung in der Stube auf und ab. „Ein Elefant! Hier in Brüssel!" Beinahe hätte sie Großmutter umgestoßen.

„Wenn wir jetzt gleich losgehen, können wir ihn durch die Stadt ziehen sehen." Michel, Hannes Ehemann, schaute ungeduldig zur Treppe, die nach unten zur Haustür führte.

„Ich bin dabei." Michels Mutter stand von ihrem Stuhl auf und griff nach ihrem Mantel.

Hanne wollte es ihr gleichtun, wurde jedoch von Großmutter am Rockzipfel zurückgezogen.

„Du, Mädchen, bleibst gefälligst hier", schnarrte sie. „Du bist schwanger, vergiss das nicht!"

„Komm schon, Großmutter", Hanne strich sich über den gewölbten Bauch. „Es wird schon nichts geschehen. Ich passe auf, wenn ich unter den Leuten bin."

„Nein, nein, Großmutter hat schon recht, Liebes. Es treibt sich die ganze Stadt herum: Streuner, Betrüger, Bettler und Krüppel. Es ist nicht sicher für dich. Und schon gar nicht für das Kind." Michel trat auf Hanne zu und küsste sie auf die Stirn.

„Aber der Elefant ..."

„Hanne, so besonders kann er nicht sein. Wer weiß, vielleicht kommt ein anderes Mal einer vorbei?"

„So ein Blödsinn, das weißt du selbst! Wieso sollte jemals wieder ein Elefant nach Brüssel kommen?"

Michels Mutter seufzte und schob Hanne sanft wieder in Richtung Äpfel. „Du weißt, dass es unverantwortlich ist, dich in die Nähe des Elefanten zu lassen. Sei so gut und kümmere dich um das Eingemachte. Oder wische von mir aus den Boden, der hat es auch dringend nötig. Wir alle wären dir sehr dankbar dafür.“

„Ich bin schwanger, vergessen? Wenn ich mich auf den Boden beuge, dann tut mir mein Rücken weh und das Kind wird zerquetscht.“ Es gab keine bessere Ausrede als die Schwangerschaft.

Der Blick der Schwiegermutter wurde weich. „Dann ruh dich etwas aus, Mädchen.“

„Oder ich gehe mit euch ...“

„Seht ihr? Das kommt davon, wenn sich dieser eingebildete Fatzke von Kaiser anmaßt, Elefanten durch die Städte zu treiben! Alle rennen hin und wollen das Viech sehen. Was denken sich denn diese hohen Herren denn? Dass das Volk vernünftig ist? Dass die Schwangeren zu Hause bleiben und brav ihrem Alltagsgeschäft nachgehen? Ich sage euch, diese Herren bringen uns mit ihrem Drang nach exotischem Pomp noch in höchste Gefahr!“

Mit geduldiger Miene klopfte Michels Mutter der Alten auf den Rücken, um sie zu beruhigen.

„Warte, du bleibst auch hier?“, fragte Hanne überrascht.

„Natürlich nicht! Glaubst du, ich lasse mir den Elefanten entgehen?“

„Aber ...aber was ist mit deinen Kni...?“

Mit einem Krachen wurde die Haustür aufgeschlagen, dann polterten Schritte die Treppe herauf. Michels Vater und Bruder, beide laut atmend und mit vor Anstrengung geröteten Wangen. Sie mussten sich sehr beeilt haben.

„Habt ihr schon gehört? Der Elefant ist am Stadttor angekommen“, rief Michels Vater aufgeregt. Mit dankbarem Blick
nahm er einen Becher Wasser von seiner Frau an.

„Habt ihr ihn gesehen?“ fragte diese mindestens genauso aufgeregt.

„Nein, noch nicht. Ich dachte, ich sage euch sofort Bescheid.
Kommt, er wird gerade durch die Stadt geführt!“

Bewegung kam in der Stube auf. Es wurde nach Mänteln und
Mützen gegriffen.

„Hast du nicht gehört, Mädel“, keifte die Alte. „Gib mir
meinen Stock!“

Hanne musste zu ihr springen und ihr auf die wackeligen
Beine helfen, Michel reichte der Alten den Krückstock, während sich die Schwiegermutter den Umhang um die Schultern
schwang.

„Ich habe mit Hanne gesprochen, du Narr!“

„Hab dich nicht so, Mutter, Hanne ist ein Goldschatz, nicht
wahr?“

Michel nickte zustimmend auf den genervten Blick seiner
Mutter hin.

„Und deshalb bleibt sie auch zuhause und passt auf das Kind
in ihr auf.“

Ertappt schaute Hanne ihren Schwiegervater an, ihren Mantel
in der Hand.

Dieser lächelte gutmütig. „Kind, du weißt, dass es gefährlich
werden kann, und das nicht nur wegen der Leute.“

„Aber der Elefant“, jammerte Hanne. „Wann bekomme ich
jemals im Leben einen Elefanten zu sehen?“ Sie wusste insgeheim, dass es keinen Zweck hatte.

„Stell dir vor, was der Anblick eines solchen Ungeheuers in
dir ausrichten könnte! Wenn du Glück hast, fällst du nur in

Ohnmacht. Aber was machst du, wenn dir der Schreck so sehr in den Körper fährt, dass er das Kind verformt? Willst du wirklich riskieren, dass du ein Elefantenkind zur Welt bringst?"

Hanne stöhnte auf. „Schusters Margaret ist im achten Monat aus Versehen einem Einbeinigen in die Arme gelaufen, als sie einkaufen wollte. Ihr erinnert euch doch, wie danach alle einen Aufstand darum gemacht haben, aber zur Geburt war der Junge kerngesund und hatte beide Beine."

„Ja, wir erinnern uns. Gott sei gedankt, dass er es nicht zum Äußersten hat kommen lassen, aber fordere das Schicksal nicht heraus, Hanne! Ein Elefant ist etwas ganz anderes als ein Einbeiniger", warf Michels Mutter ein.

Und der Vater pflichtete ihr bei: „Nach allem, was ich gehört habe, soll das Tier abgrundtief hässlich sein. Vermutlich wirst du ganz froh sein, wenn du es dir nicht ansehen musst." Er lächelte Hanne wieder an und klopfte ihr freundschaftlich auf die Schulter. „Du bist so eine vernünftige und verantwortungsbewusste Tochter. Unser Enkel wird stolz auf seine Mutter sein." Er wandte sich ab, winkte durch den Türbogen und stieg die erste Stufe hinab, wo er auf den Rest der Familie wartete.

Zitternd begab sich Großmutter in seine starken Hände, Mutter dirigierte sie an den Schultern, und zu dritt begannen sie den Abstieg, lautstark und im Schneckentempo. Der Bruder grunzte einen Abschied und folgte ihnen.

Hanne legte den Mantel über die nächste Stuhllehne. Nur mit Mühe konnte sie die Tränen zurückhalten.

Michel umarmte sie zum Abschied. In seinen Augen standen Mitleid und Verlegenheit. „Sei so gut und koche uns etwas.

Ich meine mich zu erinnern, dass wir noch Weißkohl von gestern Abend übrig haben."

Natürlich hatten sie das. Jede Menge noch. Wenn er heute Morgen richtig gefrühstückt hätte, hätte er den noch fast vollen Topf sehen können. Wut stieg in Hanne auf. „Einen Dreck werde ich tun!" Beinahe hätte sie sich vor Schreck die Hände vor den Mund geschlagen. Hoffentlich hatte es niemand von den Leuten auf der Treppe gehört.

Michel setzte ein gequältes Lächeln auf. „Schon gut. Du musst das nicht tun. Du bist ja schwanger. Sei nicht wütend, das bringt die Körpersäfte in dir ins Ungleichgewicht. Ruhe dich ein bisschen aus, wie Mutter gesagt hat, ja?"

„Ja." Sie küsste ihn auf die Wange, bemüht, keine Miene zu verziehen. Fast war sie froh, als Michel nun endlich auch die Treppe hinunterstieg.

Ein gemeinschaftliches „Bis bald" ertönte, dann das Schlagen der Haustür. Sie war allein. Gleich darauf flog der Mantel gegen die Wand. Nur mit Mühe hatte sich Hanne davon abhalten können, nach dem Becher zu greifen. Unbefriedigend geräuschlos landete das Objekt der Wut auf dem Boden. Sie würdigte ihn keines weiteren Blickes und trat ans Fenster. Ihre Familie war in ein lebhaftes Gespräch mit den Nachbarn vertieft, die immer wieder Richtung Stadtmitte zeigten. Ein weiteres Grüppchen schloss sich ihnen an, ein junger Mann und eine Frau mit einem Kind an der Hand und einem Säugling in den Armen – Margaret Schusterin.

Begrüßungen wurden ausgetauscht, dann setzte sich der Pulk in Bewegung und verschwand hinter der nächsten Hausecke. Ganz Brüssel war heute auf den Beinen. Überall wuselte es in den Straßen, und Stimmen schwirrten umher wie Bienenschwärme, erregt und nervtötend. Selbst wenn sich Hanne ins Bett gelegt hätte, wäre an Ruhe nicht zu denken gewesen.

Die junge Frau stieg die Treppe zum Dachgeschoss hoch, inständig hoffend, dass sie von dort oben doch noch etwas sehen würde. Natürlich sah sie nichts als die Wand des Nachbarhauses und die nächsten paar Dächer. Hanne unterdrückte einen Fluch. Nun war auch dieser Hoffnungsschimmer dahin. In der Ferne hörte sie eine große Menschenmenge. Eigentlich war es so einfach: Sie würde sich unter die Leute mischen, einen kurzen Blick auf den Elefanten werfen und dann sofort wieder nach Hause gehen. Niemand würde sie bemerken, jeder würde nur auf das Tier achten. Und das Kleine in ihrem Bauch würde schon keinen Schaden nehmen. Nicht, wenn sie es kurz machte, nicht, wenn sie morgen ein reuiges Gebet in der Kirche sprach, vielleicht sogar zwei. Gott war schließlich auch zur Schusterin gnädig gewesen, und diese hatte angeblich sogar mit dem Bruder ihres Mannes Ehebruch getrieben.

Sie stieg wieder hinab zur Stube, hob den Mantel vom Boden auf und schlang ihn um sich. Schlechtes Gewissen überkam sie. Sie biss sich auf die Lippe, sprach in Gedanken ein Stoßgebet. Sie habe doch immer ein gutes Leben geführt, ganz anders als diese flatterhafte Margaret. Ob Gott nicht seine schützenden Hände über sie halten werde, es gehe ja nur um einen kurzen Blick auf einen Elefanten und keine richtige Sünde. Bitte, nur dieses eine Mal.

Der erste Schritt auf die Straße war zum Glück unbeobachtet. Es hatte die letzten Tage nicht geregnet, sodass kein Straßenmatsch sie verraten würde. Um ein Haar hätte dies schief gehen können. Hanne schluckte die Zweifel mit dem großen Kloß in ihrem Hals hinunter und nahm all ihren Mut zusammen. Wenn sie jemand erkannte, konnte das großen Ärger geben. Bisher hatte sie Glück mit ihrer neuen Familie gehabt, denn es hatte bei Weitem nicht jede so einen liebevollen Ehemann und freundliche Schwiegereltern nach der Hochzeit wie sie. Wenn sie in Ungnade fiel, konnte ihr Leben zur Hölle werden. Ihre Cousine hatte einen Mann geheiratet, der sie schlug und drangsalierte. Jedes Mal, wenn sie sich trafen, heulte sie sich an Hannes Schulter aus. Ob auch ihr Michel zu solchen Taten fähig sein könnte? Sicherheitshalber warf sie sich die Kapuze über den Kopf. „Es wird schon alles gutgehen", flüsterte sie ihrem Bauch zu und machte sich auf den Weg in die Innenstadt.

Fast alle Brüsseler schienen auf den Straßen zu sein. Hanne sah Junge und Alte, gut gekleidete Bürger und humpelnde Bettler, die alle in Richtung Großen Marktplatz unterwegs waren. Rasch wandte sie den Blick ab. Hässliche und dreckige Menschen hatte sie in den letzten Wochen erfolgreich vermeiden können. Michel hatte sie an der Hand durch die Straßen geführt und Ausschau gehalten, damit er ihr sagen konnte, wo sie nicht hinsehen sollte; nicht ihre Idee, sondern seine. Er war wirklich ein Geschenk des Himmels. Nun, ohne Michel, war es doch gefährlicher, als sie in Erinnerung gehabt hatte, aber vermutlich lag es daran, dass heute wirklich alle unterwegs waren. Hanne beschloss, ihren Blick zu senken und nur wenn nötig, vom Boden aufzuschauen.

Die Schneider hatten ihre Läden geschlossen, ebenso wie die Töpfer und Schmiede. Einkaufen wollte sowieso gerade niemand. Hanne sah eine Magd vor dem Haus ihres Herren verbissen eine Gans rupfen, damit auch sie noch rechtzeitig zum Elefanten eilen konnte, und ein kleiner Lehrjunge schaute ihr neidisch hinterher, während er den Eingang vor einer Bäckerei kehrte. Hannes Herz hüpfte. Beinahe wäre sie auch wie diese beiden geendet. Jemand rempelte sie an. Der Metzger hatte geistesgegenwärtig einen Ast mit Würstchen geschmückt und pries seine Leckereien jedem an, der ihm über den Weg lief, während auch er sich dem Elefanten entgegenbewegte. Unwillkürlich schlang Hanne ihren Mantel fester um sich. Es war nicht gut, dass es hier Menschen gab, die an ihre Besitztümer wollten. Besonders fies waren die kleinen Straßenkinder, die so schnell und geschickt waren, dass man gar nicht wusste wie einem geschah, wenn sie einen erst einmal in Augenschein genommen hatten. Vermutlich waren sie schon unter der Menschenmenge und stahlen sich die Taschen voll. Je näher Hanne dem Marktplatz kam, desto voller wurden die Straßen. Nervös sah sich die junge Frau um. Von Michel und dem Rest der Familie war nichts zu sehen. Ein paar bekannte Gesichter fielen ihr zwar hie und da auf, doch schien niemand sie selbst zu erkennen. Ein Wunder – aber vermutlich war die Stadt überfüllt mit Leuten aus den umliegenden Dörfern. Jubel war aus der Ferne zu hören, offenbar durchschritt der Elefant bereits die Stadt.

Hanne konnte den Glockenturm des Rathauses durch die Dächer hervorblitzen sehen. Platz war nicht mehr weit. Wenn sie sich an die Häuserwände hielt, dann würden ihr wohl die meisten den Rücken zudrehen. Aber ...dort vorne stand ein Grüppchen junger Leute zusammen und unterhielt sich lautstark. Stephan, Janneke, Mathijs – drei von ihnen wohnten im selben Viertel wie sie. Das konnte böse enden. Hanne machte so unauffällig und so schnell, wie sie konnte, kehrt. Der Große Markt war wohl doch zu gefährlich. Wenn nicht gerade der Elefant alle Aufmerksamkeit auf sich zog, dann war es nur eine Frage der Zeit, bis sie jemand erkannte und ansprach. Da das Tier aus Norden kam, war es wohl am besten, wenn sie sich an das Südende des Platzes stellte, wo noch nicht so viele Leute waren. Sie würde ihn nicht sofort sehen können, was ihren Ausflug hinauszögern würde. Aber Hanne kannte ihre Familie gut genug, um sich sicher sein zu können, dass sie nicht nach Hause kommen würde, bevor der Spuk um den Elefanten nicht endgültig vorbei war, das hieß, bis er die Stadt wieder verlassen hatte.

Hanne hatte Glück. Tatsächlich fand sie einen geeigneten Platz auf den Treppenstufen eines Hauseingangs, der ihr einen guten Ausblick auf die Straße und ein Stück des Marktplatzes gab, welcher bereits voll von Schaulustigen war. Viele hatten ihre Köpfe in die Richtung gedreht, aus der der tosende Lärm kam, der dem Elefanten seit geraumer Zeit hartnäckig durch die Stadt folgte. Dem Metzger mit dem Wurststock hatten sich auch andere Geschäftstüchtige dazugesellt, die mit Inbrunst ihre Brötchen, Trockenfrüchte und Süßigkeiten anpriesen. Verlorene Büttel und bewaffnete Soldaten, vermutlich Kaiserliche, schritten durch den Trubel und versuchten so auszusehen, als hätten sie alles unter Kontrolle, indem sie den einen Bettler oder die andere Zuschauerin halbherzig anschnauzten. Der Lärm kam näher und näher. Jubel am anderen Ende des Marktplatzes brandete auf. Der Elefant war da! Kinder rissen sich von den Händen ihrer Mütter und sprangen ihm entgegen. Vor Hanne war nun ein Meer von Köpfen, und beinahe wäre sie umgestoßen worden, als sich neben sie auf die Stufe des Hauseingangs zwei Männer stellten. Mit dem Elefanten bewegte sich auch die Menge immer näher. Glücklicherweise waren alle zu beschäftigt, um Hanne ins Gesicht zu schauen, geschweige denn auf ihren Bauch zu achten. Das hätte vermutlich auch unter den Fremden einen größeren Streit verursacht. Die meisten würden wohl nicht dulden, dass eine Schwangere einen Elefanten zu Gesicht bekam, auch wenn sie noch so gottesfürchtig war.

Der Lärm wurde lauter, fegte in Wellen durch die Straßen. Dann ein Johlen, Rufe, Klatschen. Der Tross hatte den Marktplatz betreten. Hanne platzte vor Aufregung beinahe. Langsam schoben sich eine Gruppe Büttel durch die Masse und stießen den Weg frei. Es folgten drei Reihen kaiserliche Soldaten von je fünf und schließlich eine Handvoll Reiter in strahlenden Rüstungen – alles unnötiges Spektakel; der Kaiser hatte es wohl nicht lassen können.

Und dann – Hanne klappte der Mund vor Staunen auf. Sie sah den Elefanten nicht sofort, da er von einer Traube von Leuten umgeben war. Sie schienen sich nicht im Geringsten um die Soldaten zu scheren, die sich darum bemühten, sie zurückzudrängen. Stattdessen versuchten die Mutigsten, das Tier anzufassen, zu streicheln und zu piesacken. Über den Köpfen thronte ein bunt gekleideter, dunkelhäutiger Mann mit einem Stock in der Hand auf einem farbenfrohen Teppich, ein Inder, ein Elefantentreiber, ein Heide vom Ende der Welt, wie ihn Brüssel vermutlich noch nie gesehen hatte. Hanne hatte die Geschichten von den Wilden alle gehört. Sie waren halb nackt, fraßen Menschen und verehrten teuflische Götter. Sie spürte, wie die Begeisterung sie packte. Doch auch wenn der Inder allein schon eine Sehenswürdigkeit gewesen wäre, so war doch das Tier, auf dem er ritt, grotesker als die wildesten Geschichten, die man über es gehört hatte. Es war grau und rau wie ein Fels, hatte Baumstämme als Beine und einen großen Kopf, aus dem ihm zwischen zwei gewaltigen Eberhauern eine seilartige Nase herauswuchs, die es hin- und herschwang. Augen schien es nur ganz winzige zu haben, dafür waren die Ohren umso größer – riesige Lederlaken, die sich immer wieder aufstellten. Wild schwankend stampfte das Tier durch die Menge. Diejenigen, die am nächsten standen, schrien aus Angst davor, entweder von den gewaltigen Füßen zerquetscht oder von dem Rüssel erschlagen zu werden. Was für ein Ungeheuer! Unwillkürlich legte Hanne die Hände auf ihren Bauch. Gemächlich schritt das Tier in ihre Richtung. Es schien gelangweilt zu sein, vielleicht etwas traurig. Fast höflich ließ es die Schaulustigen um sich herumspringen, ohne ihnen wehzutun. Im Grunde war der Elefant nur ein riesiges, graues, hässliches Schwein, ein missratener Eber. Je länger Hanne das Tier betrachtete, desto unscheinbarer und harmlos kam es ihr vor, und ein kleines bisschen Mitleid kam in ihr auf. Das war also das unfassbare Ungeheuer, das so gefährlich sein sollte?

Ein älterer Mann war dem Elefanten nah genug gekommen und zerrte an seinem Ohr. Der Inder schrie etwas, das Tier hob seinen Rüssel – und trompetete, was das Zeug hielt. Tief und durchdringend war der Ton, und Hanne musste sich vor Schreck an den Türrahmen lehnen. Er vibrierte in jeder Faser ihres Körpers nach. Damit hatte sie nicht gerechnet. Schnell wandte sie sich von dem Scheusal ab. Sie schickte ein kurzes Gebet in den Himmel, doch sie spürte, dass sich das Kind im Bauch bewegte, es wehrte sich. Etwas Schlimmes war gerade passiert, und das ungute Gefühl in ihr ließ sie nicht mehr los. Vorsichtig streichelte sie über den Bauch, um das Kind zu beruhigen. Noch einmal sprach sie in Gedanken ein Gebet, doch tief in ihrem Inneren wurde ihr bewusst, das es nicht erhört wurde. Das schlechte Gewissen kam zurück und verdrängte jeden klaren Gedanken. Hanne bemühte sich, durchzuatmen. Sie durfte nicht zusammenbrechen, nicht hier, nicht jetzt. Sie musste nach Hause. Sie musste die nächsten Tage und Wochen täglich in die Kirche beten gehen. Ganz viel Reue zeigen. Und hoffen. Tränen drängten sich in Hannes Augen. Langsam, wie in Trance, stieg sie von den Stufen des Hauseingangs hinunter, schob die Umstehenden beiseite und machte sich auf den Nachhauseweg. Ihre Knie waren schwach, die Füße bleischwer. Noch nie hatte sie sich so von Gott verlassen gefühlt.

Wenn wir den Schriftquellen Glauben schenken, dann kam der Elefant nach einer entbehrlichen Reise quer durch Europa erfolgreich in Wien an. Dort fand er in der Menagerie Maximilians II. ein neues Zuhause, das er sich mit Löwen, Tigern, Fischen und allerlei exotischen Tieren teilte. Angeblich lebte er dort bis 1577 und beeindruckte die Leute mit seinem Anblick, und manch ein Künstler oder Literat ließ sich von ihm inspirieren.

Die Brüsseler erzählten sich noch lange von dem Elefanten. Viele hatte das riesige Ungetüm so sehr beeindruckt, dass sie nicht müde wurden, es jedem, der es nicht zu Gesicht bekommen hatte, in all seinen Einzelheiten zu beschreiben. Michel hatte sich ein Messer genommen und mit seinem bescheidenen Geschick den Elefanten auf dem Küchentisch verewigt, sehr zum Ärger der anderen Bewohner des Hauses, die mit ihrem neugewonnenen Kennerblick mal die langen Beine, mal die zu kleinen Ohren an der Schnitzerei bemängelten.

Knapp drei Monate später, nämlich am dritten Dezember 1563 kam ein Kind auf die Welt, das als das Elefantenkind von Brüssel europaweit unter den Gelehrten berühmt werden sollte. Hannes Neugeborenes war klein, schwächlich und hatte einen seltsam aufgedunsenen Bauch. Dazu kam, dass ihm zu viele Finger an den Händen gewachsen waren. Doch was alle, die es zu sehen bekamen, erschütterte, waren die winzigen, schwarzen Äuglein, die verformte Nase, die an einen Rüssel erinnerte, die Scharten an den Lippen, die den Mund so aussehen ließen, als wollten ihm bald Stoßzähne wachsen, und die verzogenen Ohren, von dem nur eines an ein menschliches erinnerte, das andere aber auf unheimliche Weise an das eines Elefanten. Hannes Geheul hatte nicht nur wegen der Wehen das ganze Viertel die Nacht über wachgehalten.

Michel hielt das Kind in den Armen, lief hin und her in der Stube, schaute es an, schaute wieder weg, legte es in sein Körbchen, nahm es wieder heraus und begann die Runde wieder von vorne. Großmutter hielt Hannes Kopf in ihrem Schoß und jaulte mit wie eine alte Hündin. Michels und Hannes Eltern und Geschwister hatten sich in eine Ecke verkrochen und die Köpfe zusammengesteckt.

„Ich hab's dir doch gesagt! Wir haben's dir doch alle gesagt, dass du den Elefanten nicht sehen sollst!" Regelmäßig blieb Michel stehen, unterbrach seine Routine und schrie Hanne an.

Sie hielt sich die geohrfeigten Wangen. „Das hatte ich doch nicht wissen können! Das ist nicht gerecht", jammerte sie dann zur Antwort.

Natürlich war es das. Es war genau so gekommen, wie es alle gesagt hatten, und die Schuld traf ganz allein sie. Sie hatte sich nicht an die Regeln gehalten, sie hatte sich einfach der Neugier und Sensationslust hingegeben, sie hatte das Ungeborene nicht beschützt. So einfach war das.

„Ich hab's euch doch gesagt! Dieser Kaiser, diese rücksichtslosen Adeligen! Sie haben den Zorn Gottes über uns gebracht! Jeder muss sich mit dem, was ihm zusteht, zufriedengeben! Und indische Elefanten hier in Brüssel sind einfach wider die Natur! Es war doch vorherzusehen, dass die Menschen ihn umjubeln wie ein goldenes Kalb. Und Gott ist gerecht. Er hat uns für unsere Maßlosigkeit und unseren Hochmut bestraft. Das Kind ist eine Warnung! Auf dass wir nie wieder Gottes Schöpfung so sehr durcheinanderbringen!" Großmutter wollte nicht aufhören zu jammern. „Ich sage euch, der Elefant war ein Teufelsgeschöpf! Unsere dumme Hanne hat es gnadenlos verführt. Sie mag zwar ein liebes Mädchen sein, aber viel zu schwach in ihrem Herzen. Soll doch unser Kaiser in der Hölle dafür schmoren!"

„Halt die Klappe, Mütterchen!", rief Michels Vater. „Es war nicht der Teufel. Es war ganz alleine Hannes Schuld. Wir hätten es wissen müssen, so uninteressiert, wie sie sich gegeben hat, wenn wir ihr vom Elefanten erzählt haben. Einfach wegschleichen, und uns dann nichts sagen!"

„Stimmt, das Mädel ist eine schäbige Lügnerin", pflichtete ihm die Mutter bei. „Nicht mal auf ihr ungeborenes Kind kann sie aufpassen! Was machen wir nur mit ihr, Michel? Du kannst sie doch nicht noch einmal dein Kind austragen lassen."

Michel antwortete nicht, sondern zog weiter seine Runden, nun mit Tränen in den Augen.

Hanne wünschte sich immer mehr, sie wäre bei der Geburt gestorben. Sie wollte diese Anschuldigungen nicht mehr hören. Sie wollte sich nicht länger ausmalen müssen, wie es nun mit ihrer Ehe und ihrer neuen Familie weitergehen würde. Oder was aus dem Kind werden sollte. Würde sie sich wirklich um dieses Scheusal kümmern müssen? Sie hatte doch Reue gezeigt und jeden Tag mehrere Male gebetet! Wieso hatte Gott sie nicht erhört und stattdessen dieses Flittchen Margaret?

Irgendwann versammelte Michel die ganze Familie um sich.

„Es ähnelt vielleicht einem Elefanten, aber es ist immer noch
unser Sohn, ein Geschöpf Gottes. Wir sollten es taufen."
Großmutter stimmte ihm zu. „Der Kleine sieht so schwach
aus. Wir sollten uns besser beeilen. Lange macht er's sicher
nicht mehr."
Obwohl es noch früh am Morgen war, beschloss die Familie, Hannes Schwester zur nächsten Kirche zu schicken und
den Pfarrer zu einer ordentlichen Taufe zu überreden, wenn
möglich in kleinem Kreis und mit äußerster Diskretion.
Zwei Stunden später machten sich Michel und Hanne mit
dem Neugeborenen unter seinem Mantel versteckt auf zur
Katharinenkirche. Hanne fühlte sich müde, und ihre Beine
wollten jeden Augenblick nachgeben, doch sie wagte nicht,
Michel um Stütze zu bitten. Nein, diesen Weg musste sie mit
eigener Kraft gehen. Das war ihre Buße. Sie würden die Taufe
durchziehen, und dann würde sie Gott um Gnade bitten, und
wenn sie dabei tot umfiel!
„Ach Hanne, bist du schon wieder auf den Beinen?", rief es
plötzlich von der gegenüberliegenden Seite der Straße herüber.
Margaret.
Verlegen winkte ihr das Paar zu.
„Du hattest heute Nacht die Niederkunft, nicht wahr?" Margaret trat näher. „Schreckliche Sache, ganz furchtbar! Da läuft
so ein Elefant durch die Straßen, und dann kommt kurz darauf ein Elefantenkind auf die Welt. Darf ich es mal sehen?",
krähte sie. Sie trat neugierig näher und begann an Michels
Mantelstoff zu zerren.
Hannes Augen füllten sich mit Tränen. Woher in aller Welt
wusste sie von dem Elefantenkind? Wer hatte den Mund nicht
halten können? Womit wollte Gott sie denn noch strafen?

Margaret ließ von Michel ab. „Oje, Hanne, du musst ja erschöpft von der Geburt sein, komm, hak' dich bei mir ein. Zur Sankt-Katharina-Kirche, richtig?"

Zähneknirschend ließ sich Hanne den Arm nehmen. Um sie herum hatten sich Schaulustige geschart.

„Elefant", „Kind", „Monster", raunte es.

„Hanne, wir haben von deiner Missgeburt gehört! Wir kommen mit zur Kirche, um für euch zu beten." Das waren die Nachbarn von gegenüber. Die ganze Bagage.

„Bitte nicht ...", flüsterte die junge Mutter, doch niemand hörte sie.

Schützend legte Michel den freien Arm um sie. Auch er war den Tränen nahe. Es tat gut, doch gleichzeitig brach es Hanne das Herz. Was hatte sie nur ihrem lieben Michel angetan?

Und so setzte die Schar ihren Weg zur Kirche fort. Sie wurde größer und größer. Bald hatte man nicht nur die umliegenden Bewohner informiert, auch der Bürgermeister und seine Frau, die hohen Geistlichen und Stadträte sowie der Druckverleger und sein Zeichner fanden sich in der Kirche ein. Ein Elefantenkind wollte man sich nicht entgehen lassen, das war beinahe so spannend wie der echte Elefant drei Monate zuvor.

Die Berichte überliefern uns, dass die Taufe erfolgreich verlief. Das Kind sollte noch zwei volle Tage überleben, bevor seine Seele in Gottes Obhut aufgenommen wurde.

Was mit Hanne geschah, ist nicht weiter bekannt, und damit endet wohl oder übel ihre Geschichte. Uns bleibt nichts weiter als zu hoffen, dass Michel und die Schwiegereltern ihr verziehen, dass sie die Schmach um das Elefantenkind vergessen konnte und dass sie einige Jahre später ihren Frieden mit einem neuen, einem gesunden Kind fand, und dass sie alle ein langes und glückliches Leben führten.

Das Elefantenkind hingegen sollte auch nach dem Tod eine zweifelhafte Karriere bei den Gelehrten der Zeit bekommen. Der Brüsseler Flugblattdrucker und seine Gehilfen verbreiteten die Nachricht über diese wunderbare Geburt mit großem Eifer in der Stadt. Den Körper des Kindes hatte man genaustens examiniert und nachgezeichnet, und die Neugierigen besahen sich das Flugblatt mit wohligem Grusel. „Ein Monster geboren zu Brüssel" verkündete die Überschrift.

Der aufgedunsene Bauch, die vielen Finger, die verkümmerten Augen und Ohren – unsere heutigen Mediziner würden dem Kind wohl eine Erbkrankheit zuschreiben, das Meckel-Syndrom, das üblicherweise nach wenigen Tagen zum Tod des Kindes führt und überhaupt nichts mit dickhäutigen Ungeheuern zu tun hat. Dass das Neugeborene nämlich keinerlei Ähnlichkeit zu einem Elefanten hatte, interessierte damals niemanden.

Die Schlange und der Apfel

Die Schlange hatte Jahre und Jahrzehnte in dem Garten gewartet, bis sich ihr die Gelegenheit geboten hatte, in einem unbeobachteten Augenblick den Apfel vom Baum zu stehlen. Die Beute fest im Maul, kroch sie zu dem Menschenmann und seiner Schwesterfrau, die sich ein wenig weiter entfernt in die Schatten eines Hains gelegt hatten. Dem Reptil war es schon lange ein Dorn im Auge gewesen, dass sie wie Tiere unter den Augen ihres strengen Vaters leben mussten.

„Seht mal, was ich hier habe", flüsterte die Schlange den beiden Menschen zu.

Beide schreckten auf und beäugten sie misstrauisch.

„Hier. Als ich euch sah, überkam mich das Mitleid. Ihr seid nackt und friert, habt Hunger und werdet schwach, ihr werdet krank und sterbt. Nehmt diesen Apfel, und er wird euch alles geben, was ihr braucht, um eure Leiden zu lindern."

Der Menschenmann zögerte. „Ein Apfel? Unser Vater hat uns aber befohlen, keinen zu essen. Er sagt, unser Leben sei so gut, weil er es genau so für uns geplant habe. Wir leben schließlich im Paradies. Unsere Leiden sind nichts im Vergleich zu dem, was uns außerhalb erwartet, hat uns Vater gesagt."

Die Frau dagegen beugte sich mit einem freundlichen Lächeln zu der Schlange hinunter. „Vater erzählt viel, wenn der Tag lang ist. Wir wissen nicht, was da draußen ist, und es ist uns strikt verboten, nachzuschauen. Vater ist für seinen schrecklichen Zorn bekannt. Bitte entschuldige daher die feige Ablehnung meines Mannes."

Die Schlange stutzte. „Habt ihr etwa Angst vor eurem Vater?“
„Ja“, sagte der Mensch. „Er weiß alles und kann alles. Wie können wir ihn da nicht fürchten?“

„Aber ihr seid doch keine Kinder mehr. Wollt ihr nicht auch erwachsen sein wie er und eure eigenen Wege gehen?“, wunderte sich die Schlange.

„Wie kann uns denn ein Apfel dabei helfen?“, fragte die Menschenfrau, Neugier in ihren Augen.

„Mit den Kräften des Apfels könnt ihr alles und wisst alles. So wie euer Vater.“

Der Menschenmann schnappte nach dem Apfel, verfehlte ihn jedoch, da seine Schwester ihn weghielt. Er schien noch immer verunsichert: „Aber unser Vater will das doch gar nicht. Er will, dass wir seine Kinder bleiben.“

Die Frau wog den Apfel in ihren Händen und warf ihn wieder und wieder in die Höhe. „Glaubst du, wir sollen es wagen, kleine Schlange? Oder lieber doch nicht?“

„Wann habt ihr jemals wieder die Chance? Ich habe lange gewartet, bis ich ihn euch besorgen konnte.“

Der Menschenmann warf ein: „Wenn Vater uns erwischt, wird er sicher wütend auf uns.“

„Aber er liebt euch doch, oder nicht? Er wird euch sicher verzeihen“, sagte die Schlange.

Die Frau wurde mutig: „Wir könnten ihm fortan die Stirn bieten.“

Der Mann dagegen überlegte. „Wir dürfen nicht vergessen, dass der Apfel bewacht war. Welchen Sinn hatte das? Was passiert, wenn wir ihn wirklich essen? Was, wenn etwas Schlimmes passiert?“

„Habt keine Angst, der Apfel wird euch schon nicht vergiften, das müsstet ihr schon selber tun“, lachte die Schlange. „Und sowieso – wenn der Apfel nicht gegessen werden soll, warum gibt es ihn dann?"

„Vielleicht hast du Recht." Die Frau hob den Apfel an die Lippen. „Ich denke, es wird das Beste für uns sein. Vielleicht können wir sogar eines Tages Eltern werden und unsere Kinder besser versorgen, als es uns vergönnt war. Vater muss es einfach verstehen."

Sie öffnete ihren Mund und wollte abbeißen, da schlug ihr der Mann mit ängstlicher Miene die Frucht aus der Hand. Der Apfel fiel auf den Boden und rollte unter den Busch neben die kleine Schlange.

„Was tust du da?", rief die Frau entrüstet, als sich plötzlich der Himmel verdüsterte und ein großer Stein neben der Schlange aufschlug. Mit donnernden Schritten stapfte der Vater auf sie zu.

„Wie könnt ihr es wagen!" schrie er. Wieder warf er einen Stein gegen die Schlange, und dieses Mal hätte er sie beinahe getroffen. Erschrocken rettete sich das Tier in den nächsten Busch.

„Wie könnt ihr es wagen? Was hört ihr einer schäbigen Schlange zu? Hat sie euch etwas gegeben?"

„Nein, nein", versicherte die Frau schnell. „Wir haben uns nur unterhalten. Sie wollte wissen, wie es uns geht."

„Ihr dürft nie wieder so weit von mir fort! Bestimmt führt dieses Vieh etwas im Schilde. Ich werde dafür sorgen, dass euch niemand besucht, denn alle bis auf mich sind eure Feinde, habt ihr mich verstanden?" Der Vater ergriff die Haare seiner Kinder und zerrte sie mit sich. Das wütende Geschimpfe des Vaters war noch lange zu hören.

Nach einer Weile, als sich die kleine Schlange sicher fühlte, nahm sie den wertvollen Apfel am Stiel und wagte sich wieder aus dem Gebüsch. Vielleicht sollte ich woanders jemanden suchen, der meine Hilfe will, dachte sie und machte sich auf den Weg.

Nach Tagen der Suche fand sie schließlich eine Mutter mit zahlreichen, vielgestaltigen Kindern im Gras ruhen. Die Schlange hätte nicht sagen könne, ob sie die Kinder hübsch oder hässlich fand, doch ihr fiel ihre Ähnlichkeit zum Menschenmann auf. Sie erinnerte sich, gehört zu haben, dass er vor einiger Zeit eine andere Frau gehabt hatte, eine freiheitsliebende Magierin. Er hatte sie verlassen, als ihm der Vater versichert hatte, dass sie nicht gut genug für ihn sei. Als Ersatz hatte dieser dem Menschenmann eine Schwester aus dessen Knochengewebe herangezüchtet. Die Mutter war ihrer Wege gegangen, um ihre gemeinsamen Kinder alleine aufzuziehen. Langsam, mit einem misstrauischen Blick richtete sich die Mutter auf, als sie die kleine Besucherin sah.

„Schau her", sagte die Schlange stolz und legte den Apfel vor sie. „Willst du ihn haben? Ich bin mir sicher, er ist das Beste für dich und deine Kinder."

Die Mutter betrachtete den Apfel zögerlich, dann hellte sich ihre Miene auf. „Ist das etwa ...?"

„Ja."

Jubelnd sprang die Mutter auf und rief ihre Kinder herbei.

„Kommt her, wir wollen uns diese Frucht teilen!"

Die Kinder kamen heran und bissen je ein wenig von dem Apfel ab.

„Danke, liebe Schlange", jauchzte die Mutter, Tränen in den Augen. „Mit dieser Frucht müssen wir nicht mehr frieren, hungern oder krank werden. Wir werden dich dafür hegen und pflegen, solange wir können. Sei willkommen in unserer Familie!"

Die Schlange beschloss zu bleiben und sah zu, wie die Mutter für ihre Kinder Kleider nähte, Felder bestellte und Medizin mischte. Irgendwann wurden die Kinder größer, begannen erst Dörfer, dann Städte und schließlich Königreiche zu erbauen. Sie erforschten die Tiefen der Wälder, der Meere und der Sterne.

Als der Vater der Menschen auf sie aufmerksam wurde, verbannte er sie mit den Kräften seiner Anhängerscharen in die Länder der Flammen und Schwefelseen. Das Klagen hielt nicht lange an, denn durch die Kraft des Apfels konnten die Mutter und ihre Kinder die Flammen gegen die Kälte verwenden, die vulkanischen Böden urbar machen und die heilende Macht der Schwefelbäder für sich nutzen. Irgendwann konstruierten sie Maschinen, die ihnen Paläste bauten, die erlesensten Speisen züchteten und ihnen die Unsterblichkeit verliehen.

Eines Tages, als die Mutter und die kleine Schlange auf der Balustrade ihres Palastes ruhten und ihr Königreich überblickten, fielen dem Reptil wieder die Menschen ein, die noch immer wie Tiere unter ihrem Vater lebten.

„Wir sollten sie retten", sagte die Schlange.

Die Mutter spuckte aus. „Retten? Aus den Klauen ihres Vaters? Dafür sind sie beide zu feige, sage ich dir." Offenbar hatte sie nie vergessen, was ihr der Menschenmann angetan hatte.

„Wir sollten sie erobern und versklaven", sagte die Mutter. „Sie sind wehrlos und sowieso darauf angewiesen, dass man ihnen befiehlt, was sie tun sollen."

Der neue Liebhaber der Mutter hatte das Gespräch gehört und trat näher. Sanft legte er ihr seine Flügel, die im Morgenlicht zu glänzen begannen, auf die Schultern. „Meine Königin, lass von deinem Zorn ab, sie sind nicht mehr als verschreckte Kinder. Wie du weißt, habe auch ich einmal dem Vater gedient,

bevor ich ihm wegen seiner unerbittlichen Art den Rücken
gekehrt habe. Er kann seine Untergebenen zu grausamen Taten
verführen. Wir sollten Mitleid haben und den Menschen die
Wahl geben, wie sie leben möchten."
„Wir sollten sie zu uns holen", beschlossen die drei nach einer
Weile und schickten ihre vielgestaltigen Kinder zum Reich des
Vaters los, um sie von sich und dem Reich der Schwefelseen
zu überzeugen.

Melissa H. Panther wurde 1990 geboren und wuchs in Schwäbisch Hall auf. Sie studierte Ethnologie, Archäologie und Literatur mit Schwerpunkt auf dem Mittelalter und arbeitete währenddessen als Lektorin. Sie ist als Archäologin tätig und schreibt in ihrer Freizeit Kurzgeschichten. Gerade arbeitet sie an ihrem ersten Roman.

Auf Instagram ist sie zu finden unter: melissa_panther